濛濛詩意　雲朵論新詩

雲朵——著

【臺灣詩學論叢】第二輯
總序

李瑞騰

　　詩學即詩之成學，舉凡詩人之所以寫詩、詩之形式與內涵、詩之傳播與涉及公眾等活動、詩之賞讀與評判分析等行為，甚至於詩與其他文類或藝術之互動等，皆其研究範疇。而當我們為詩學做了某種界定，在該詞前面加上諸如「古典」、「現代」、「空間」、「中國」、「女性」、「身體」、「山水」、「現代派」、「跨文化」等等，那這樣的詩學，必有依其理而建構起來的系統，此即《文心雕龍・序志》所說的「敷理以舉統」。

　　緣此，「臺灣詩學」自當在「臺灣」之「理」上去建構，包含其史地條件中的自然與人文因素：是島，則與海洋和大陸息息相關；在歷史發展進程中，原漢關係、閩客關係、漳泉關係，乃至近代以降之省內外關係、當代新舊住民關係等，都曾是眾所矚目的族群問題；除了清領，曾被荷蘭人、日本人統治過，四九年後美國人對它影響重大。想想，「詩」原本就言志、緣情，人心憂樂萬感都在其中，臺灣的詩是在這樣的背景下生長出來的，在不同的歷史階段，會有些什麼樣的詩人寫了些什麼樣的詩？會形成什麼樣的詩觀、發展出什麼樣的詩史？這些全在「臺灣詩學」的論述範圍。

　　這個「統」，對「詩」來說是「傳統」，世世代代繼承不絕；對「詩學」來說是「系統」，要能抽絲剝繭，多元統合。然則，這詩，這詩學，卻又不是孤立的，和中國有關，和東西洋有關，和全

球的華文詩與詩學都有關。我們要有宏觀的視野，敏銳的思維，才能挖得深、織得廣。

　　創立於1992年的臺灣詩學季刊社，是一個發願「詩寫臺灣經驗」、「論說現代詩學」的詩人社團，迄今已歷二十五寒暑了，從兼顧創作和評論的《臺灣詩學季刊》，到一社雙刊（《臺灣詩學學刊》和《吹鼓吹詩論壇》），近年更輔以詩選、個人詩集、詩學論叢之出版，恢宏壯闊，誠當前臺灣文學美景之一。

　　去歲初，我們出版了「臺灣詩學論叢」四冊：白靈《新詩十家論》、渡也《新詩新探索》、李瑞騰《詩心與詩史》、李癸雲《詩及其象徵》，由秀威出版；今年，趕在25週年社慶前夕，我們接續出版第二輯六冊：向明《詩人詩世界》、蕭蕭《新詩創作學》、白靈《新詩跨領域現象》、蕓朵《濛濛詩意——蕓朵論新詩》、陳政彥《身體、意識、敘述——現代詩九家論》、林于弘與楊宗翰編著《與歷史競走——臺灣詩學季刊社25週年資料彙編》，蒙秀威慨允繼續支持，不勝感激。

　　我們不忘初心，以穩健的步伐走正確的詩之道路。

自序
——詩意盎然的時候，你在那裡？

雲朵

輕薄短小是一種美德。

把這幾年書寫的數十篇文章換算成一本小書，讓它問世出版，這要感謝臺灣詩學叢刊與白靈老師大力促成。我本以為所寫的文章還無法達成一本書的架構，在白靈老師一再的勸說催促下，整理已經完成的篇章，竟然看到足以成就一扇門的風景，所以，在炎熱的大暑天，匯集梳理，再加上二篇剛寫就的評論，就這樣構成一本小小的評論小書。

第一輯「談詩趣味」的文章大都發表在《臺灣詩學吹鼓吹詩論壇》，約為近二年的論詩觀點。第二輯「詩集小論」中的文章大部分發表在報紙副刊、吹鼓吹、以及書序。第三輯「聚焦一首詩」是應《創世紀詩刊》邀請，在詩刊書寫「推薦一首詩」專欄上的文章，這些文章，剛好放在此書中，也是一個圓滿的去處。所以，本書有新詩的主題文章，有整本書的評論及書的主題思想，也有針對一首詩的賞評，由大而小，剛好是隨機隨緣而形成的組合。

大熱天，其實沒有特別的詩意，但詩意往往也在牆腳突然冒出，像不經意就長得茂盛的小花，生命力特別堅強的時候，在陽光、水、空氣的因緣具足中，生命如種子發芽、生長、茁壯，完美得令人措手不及，就是一朵已經開了花的綠色生命。

所以，詩意沒有想像中特別，在你特意尋找時，或是不尋找

時，它出現得有如天邊的彩霞，絢爛美好，令人驚豔。

但其實，種子在土地裡必然經過一個冬天，一個春天，甚至好幾個年，或是潛藏在內，不為人知，經歷久久睡眠的一段自我充實的過程，才能在最美好的時刻，找到陽光，萌發芽來。

詩的評論就是詩意的潛藏。《易經·乾卦》的第一爻「潛龍勿用」，說的就是潛藏在淵，充實自我的過程。人在年幼時，應該以學習努力、沉潛內在為主要目標，不在於太快強出頭，也不在於自我表現。從第二爻「見龍在田，利見大人」開始，慢慢展露才華，直到第五爻「飛龍在天」，才是所有才華的展現。詩的寫作詩意非常重要，但如果沒有潛藏的過程，沒有足夠雄壯的翅膀，詩意再多也飛不起來。

詩意如何追尋？閱讀詩人的作品非常重要，閱讀評論文章更是學習寫詩的方法之一，評論文章的角度雖然因人而異，但在評論中，能夠讀到他人見解，學習自己未曾留意的寫作題材，並從中看到創作者可能的寫作意圖與技巧，這些，都是詩意的潛藏與積累的功夫。

客觀閱讀與分析有助於對一首詩的了解，而對詩的了解則有助於詩的寫作技巧與創作策略的更深層體悟。我們常常把寫作當成被靈感主宰的遊戲，任由靈感的來去自如，生發出創作的動機，卻忽略當靈感尚未來到時，創作者個人所應該努力的功夫，《文心雕龍》上說：「積學以儲寶」，強調的是平常的閱讀，在尚無特殊靈感或者神靈啟發的天外飛來一筆之時，創作者應該多讀書，理解創作方法，將這些東西如同儲存在冰箱地窖中的食物一樣，藏在腦海中，等到搜索枯腸，沒有靈感的時候，也許從過去所學的資料中，就能尋找寫作的靈感。

但詩的靈感來時，有沒有足夠的語彙、意象或是技巧可以承載呢？詩意真的來了，如飛奔的雲，捉得住嗎？

詩意來時，你真的有一張堅固的網，足以網住紛飛的意象與跳動不安的思緒嗎？

我在書寫這些文章的過程，當成是蹲馬步的基本功。感謝《創世紀》的邀約，讓我有機會與白靈老師輪流分擔一個專欄的評論寫作，在那段過程中，我硬著頭皮尋找可以分享的詩，再書寫相關的詩評，過程有一點壓力，卻也讓我在尋尋覓覓的時刻，翻過一座又一座詩的山丘或是高峰，並落點在一些我認為可以書寫的詩篇上。

書寫過程築起我寫詩的某些磚牆，評論是面對他人的詩作，也是在面對自己的內心，放下心中的執念，才有理解對方寫作的內在線索的可能，循著線索，追尋到創作者內心思考的焦點，或是創作者說不出口的內在意涵，或者是某些創作者有意或無意中創發出來的新技巧，這些，都成為創作與研究的養份。

一首詩的評論乃至於一本書，分量雖然不同，但進行的方法都是先拋開自我，理解創作者，甚至更細膩地發現創作者未曾開啟的窗口，然後，將窗戶打開。所以，寫作與閱讀評論是一種很好的學習，也是對詩的創作者致敬的一種良善的美意。

之後，當對一首詩的評論無法滿足我時，我開始跨出更大步伐，書寫主題式的文章，這就是第一輯中的文章來源，有時候耗費相當多的時間精力，例如為了寫作歌詞與詩之間的問題，我花了一個多月閱讀相關的文章，聽了許多兩岸的流行歌曲，比較兩者之間的異同，這對於我後來在歌詞與詩的語言差異上，有著更深刻的體認。

對我而言，客觀的學術研究或是評論文字，是讓自己處在冷靜

的山巔，看著來來往往的雲海，心中照映出一把清晰的尺。而在寫詩的時候，則是讓主觀與感性伸出雙手，綑綁理性，釋放該有的詩意，或者是說，任由感性流出腦海，但由語言的扁舟，承載情意的內涵，在創作的海洋上乘帆前進。

　　所以，詩意匱乏的時候，一定要有足夠的語言存糧，才能度過創作的寒冬，詩意盎然的時候，你就可以躺在草地上，輕輕地書寫這一季的春天。

2017.9.3. 於山實齋

目次

第一輯

談詩趣味

葫蘆裡裝的什麼乾坤？
──現代詩中的人性

　　人性是什麼呢？現代詩中的人性又是什麼呢？一想起人性的問題，不禁感到有點嚴肅，卻又充滿著挑戰的刺激。

　　從老祖宗的眼裡，人性的問題可說是大而又大，儒家思想的孔孟主張人性本善，荀子則大談人性本惡，人性被簡分為二元的性善或性惡。佛家講佛性人人有之，只是被無明遮蔽，因而顯現眾生不同面目。宋明理學談「存天理，去人欲」，試圖將善與惡摒除，從人的欲望討論人性，因而，去除人的欲望而以天理為最高指導原則，道學則存。道家思想中，則是不可言，不可說，以道為根本，從超越的眼界拋開善惡的爭論，這似乎也是很好的切入點。人性的問題糾纏許久，定論不一。但因為「人」的問題複雜，西方的學者卡西爾以一本《人論》談人性，關於人的本質是什麼？人的本質就是不斷地創造，人可以創造出神話、宗教、語言、藝術、歷史與科學，人是符號的動物，從人與符號的角度看，也許較為接近詩人的思考中心。[1]

　　詩是人所寫的，詩中豈能沒有人？又豈能跟人性脫離關係？如果廣義來看，所有的詩都從「人」出發，圍繞著人的思想情感，人

---

[1] 〔德〕卡西爾：《人論》（臺北：結構群，1989），頁10-11。

性的善惡真美，也充滿著人與物交會融合的點點滴滴。「人性」的每一種面目無論是明是暗，是顯是隱，是揚是抑，都交融在詩的每一個角落，每一寸國土。若從這個角度看來，人性詩的討論空間就包天括地。

然而，如果從狹義來看，把焦點放在詩句中特別提到的人性，那麼也許可以更直接指出片斷的人性書寫，或是分段分節的對人性的特殊描繪，而將之稱為人性詩的可能探討。

以精神科醫生的詩人鯨向海來說，他詩中的寫作靈感除了自己對外物的感受之外，也來自於白天病患給他的許多刺激與想像，他的生活中存在不同世界的交錯，而詩是他的大雄。永遠活在年少清純而不想長大的大雄，有著被小叮噹照顧的幸福，多啦A夢的口袋是另一個想像的空間，當一個人想要躲避現實時，時空的穿梭與超越成為解決問題的可能。

懦弱膽小的大雄與老是以暴力拳頭與世界對話的技安，往往是現實中的兩個對比，從簡單的善惡中，是否可以見出些許人性的影子？而老是溫柔善良的靜香成為善與美的代表，在各種的對立中需要「虛」而不實的想像世界拉近過多的衝突，多啦A夢的口袋中各式的非現實工具彷如調和人性的道具，在每次無法解決人性的欲望、偷懶、逃避現實的壓力時，道具就成為調和衝突的媒介，拉進對立的兩端，糅合為新的劇情發展，然後給予人們一點的啟發與教導。如果以此角度來看，詩是否也是調和人性的道具之一？

鯨向海的〈大雄〉這樣寫著：「在弱肉強食的街頭，阿彌陀佛已經不在了／這樣絕命努力地路過、相遇，並肩抵抗整座茫茫人海」，弱肉強食的世界沒有神的存在，多啦A夢的存在是為大雄而生，為大雄而存在，對於詩人而言，多啦A夢如同夢想的寶殿抵禦

著人性的醜惡。一隻狸貓，是一個不為自己，而只是為了一個大雄而存在的機器貓，從而面對暴力與奸詐狡猾的世界時，總是生出許多的應對工具。人性中的惡被一隻貓打敗。

大陸女詩人余秀華的〈疤痕〉中敘述的人性更是赤裸：

> 我不曾想我的安靜和寬容能招來示愛者
> 被拒絕後，他散播謠言。唉，我是否應該告訴他：
> 我腿上的疤痕，是喝酒以後割的
> 我喝酒是因為我愛一個人呢
> 我是否應該告訴他：我身體的疤痕到處都是
> 他要的美，我無力給呢[2]

被拒絕的男子到處以謠言回擊，這無非是一種自我保護，對於被拒絕的難堪以及臉上無光的羞愧，使此人以傷害對方來掩飾自己內心的傷口，人以反擊以自我防衛，因獲取不到而採取破壞的行為，這豈不是人性的矛盾所產生的外在行為反應？

詩中的「我」也是人性的表白，李進文在詩集《雨天脫隊的點點滴滴》中有詩〈因著我仍願〉：

> 因著我仍願在人性搖晃主動
> 困惑，幽微體會；因著我仍願
> 去感受不義，面對惡！
> 仍願夜夜上傳能力所及的悲憫；

---

[2] 余秀華：《搖搖晃晃的人間》（臺北：印刻，2015），頁139-140。

所以文字方為淨土。[3]

書寫是一種對抗人性之惡的刀劍，是護衛內心善良本質的盾牌。李進文仍以文字的世界為他心中的淨土，文字的書寫是他用以對抗現實「惡」的方法，是他寄寓善良靈魂的初心所在。「所以靈魂以美的形式留下，／成為初心的居所。」對於詩人而言，人性的惡就留在現實中，他把他內心的美透過文字，以詩留存。「有詩獻給人間必是福報，美而辛苦的創意，迴向予你們，」現實與詩，兩個世界中是人性的惡與善的分野。

　　如此，詩中的人性有善有惡，詩中的人性有悲有喜。無論是那一種，根於「人」的詩創作不可能脫離人的存在。人的情感書之於文字，人對於人性的評斷與感受，對於人性的惡或善，對人性的困惑，或是對於人性的書寫，其實都是廣義的人性書寫。如果人性的書寫跳開善惡，而將詩視為是一種符號的創造，那就更為符合卡西爾對於人性的概念，無所謂善惡的價值問題，僅僅是「人」的問題。

　　而狹義的人性書寫則是針對人性本質的抒發，對於人性的書寫如果還在善與惡的評判中，那是詩人對於人性善惡的想法，狹義的書寫與討論人性詩的主題或許最後落在人性的許多特質上面，陰暗或是光明，善與惡，愛與恨，這種二元論的分法則成為傳統人性論的可能論說之一。

　　人性是何其複雜，論善惡則有道學儒家面孔，而離詩的浪漫形象夠遠，論人的情感又好像討論人欲與情欲，這與莊子的情性論似

---

[3]　李進文：《雨天脫隊的點點滴滴》（臺北：九歌，2012），頁139-140。

乎較為接近，但若是後者，那人性詩的範圍就很難界定，但若是前者，人性詩的範圍就會縮小為善惡對立的可能。總之，這個議題有趣，以古人的智慧既無法周全，以現代人的想法又何必多找麻煩？

　　討論幾首人性相關的詩，看看詩的文學性與人性善惡的道德標準，兩者是否可以勾起某些矛盾的書寫或是擦出某些火花來？這也是一種創作與評論的可能性思考。

翫讀情詩
──男詩人&女詩人

　　卡西爾《人論》中說：「藝術使我們看到的是人的靈魂最深沉和最多樣化的運動」[1]。又說：「如果我們不能夠領會各種情感的微妙的細微差別，不能夠領會韻律和音調的不斷變化，對突然的有生氣的變化無動於衷，那我們就不可能理解和體會詩。」[2]相同的題材在情感的處理上各有千秋，每個人認識世界的角度是從他們的眼睛看出去的視野，不是你我的焦點，這也就創造出各式細微的差異。

　　詩人處在於人與人之間靈魂互動的的中界點上，揮舞著詩句的大旗，試圖讓兩邊的創作者與讀者都能找到彼此瞭解的平衡點。卡西爾說藝術是讓人們看到靈魂深處情感變化的細微之處，詩的意象創造情感的細膩差別，讓閱讀者也透過文字理解其中的奧妙。

　　當女詩人林婉瑜〈瞬間的愛情感覺〉時：「瞬間的愛情感覺／像稍縱即逝的閃電／它並不真的落到地面／只是輕微一閃／照亮了／一秒鐘的天空」[3]，愛情的感覺便如閃電，所有閃電指向一個唯一，光芒照亮天空，強烈震撼，轟轟烈烈，卻無法忽視閃電背後短

---

[1]　〔德〕卡西爾：《人論》（臺北：結構群，1989），頁233。
[2]　〔德〕卡西爾：《人論》，頁234。
[3]　林婉瑜：《那些閃電指向你》（臺北：洪範，2014），頁14。

暫的質素。所以詩人說：「『愛』　不能隨意說的／筆畫太多／太沉重」，愛情的感覺很震撼，真正的愛卻很沉重，包括愛的背後承擔的責任與種種壓力。愛情對於詩人而言，浪漫的瞬間與長久相對應的責任與承諾同時在女詩人的心中俱存。

薈朵的詩〈猜〉：「關於愛情／在你我互望心的悸動／瞬間，已經完成」[4]，互望的瞬間已經完成心有靈犀一點通的愛情，愛情極為短暫，沒有閃電的威力，只有在眼神交會瞬間已經完成愛情的生與死。沒有承諾也沒有未來，瞬間就是開始與結束。

李進文〈愛情是甜的〉：「瑪莉葉是甜的，羅卡是甜的。一起喝的孤獨／是天然的，糖加綠／色，是甜的／。瑪莉葉是女的羅卡是男的」，又說：

> 女人喝的男人是下午茶，加糖，加脣，加
> 雨後濕滑滑會吮人腳趾的苔
> 而風，風啊舔著那遙遠
> 遙遠的牧場，像小馬探詢世界的黑眼珠一樣甜[5]

男性詩人對於愛情想得海闊天空，輕描淡寫。以味覺描寫愛情，愛情是甜的，有了愛情的時候，世界萬物都變甜，連戀人都是甜的。而男性詩人想像中的愛情，男人是女人的下午茶，加上糖加上脣，從味覺觸覺體驗愛情，風舔著遙遠的夢，想像未來美麗如甜的黑眼珠，愛情的感覺沒有瞬間的震撼，也沒有期望心靈的交會，愛情是甜蜜的味覺，就像是美女被形容為秀色可餐，男人眼中的愛情對他

4　薈朵：《玫瑰的國度》（臺北：釀，2012），頁191。
5　李進文：《除了野薑花，沒人在家》（臺北：九歌，2008），頁12-13。

而言就是務實而可以碰觸可以親嚐的。又或者〈向未來索一枝百合為信物——to Lily〉：詩中形容一個女孩到母親的辛苦歷程，從愛情到家庭，詩人看到女人的辛苦與付出，所以他說：「愛過，就向未來索一枝百合為信物／時間會承諾永遠守護」[6]，男人對愛情就是堅實的守護與承諾，不會過度想像浪漫不切實際的瞬間，他要的是一個長久的、務實的家庭，與其說是愛情，不如說愛情轉為更深刻的情感，平實的生活內容反而是愛情的務實展現。

簡政珍在他的詩集《所謂情詩》的序中說：「過去我的詩大都是對現實人生的意象思維，情的世界當然也是一種現實，但畢竟是比較侷限的『小我』，跟眾多人的生活情境無關。」雖然簡政珍寫過很多情詩，但他還是將情詩視為小我，是現實中的一部分。對他而言，何者是大我？什麼又是現實？所以他的情感更含蓄了，包裝得更巧妙了，因為他說：「我們發現許多情詩，讀了之後，覺得很不好意思看到作者的名字和臉孔，因為我們似乎感覺冷風過境，皮膚瞬間起了漣漪。」換言之，談情說愛實在是一件肉麻兮兮的事，令人臉紅心跳，恨不得戴起面具來了。所以他的詩觀就是：「我們能不能傳達愛，而文字不寫愛？」

他的詩〈送別〉：「突然，冰箱聲音大作／原來，你走後／裡面的食物已空」[7]，這首詩寫送走情人／愛人／或是太太，總之，她離去之後看到杯子在茶几上，沒人洗的碗盤只好自己洗，放熱水燙傷手指卻找不到紅花油，最後讓空空的食物象徵著女主人不在家的事實。〈過年〉時想念她：「妳在那裡呢？／你在細讀年終複雜的版面／還是在張羅被雨水打濕的春聯？／妳在整理凌亂的帳單／

<hr>

6　李進文：《除了野薑花，沒人在家》，頁18。
7　簡政珍：《所謂情詩》（臺北：釀，2013），頁35。

還是盤算如何填塞那一只開口的皮箱？」這個「妳」不是浪漫小女孩，而是一位面對生活瑣事能夠一一處理的女性，愛情是務實的生活，在一點一滴中，也在食物的象徵裏。思念的時候，他說：「我在南半球／為你郵寄一套泳裝／你在北半球／為我編織一件毛衣」（〈東半球西半球・南半球北半球〉）[8]。吃的穿的用的都拿來成為對另一半的思念，不浪費風花雪月，紮實的生活點滴就是詩人的愛情。

　　當然，務實的或想像浪漫的一面都只是部分面向，每個人的美學觀不同，捕捉事物的角度與意象的表現就會不同，這也就創造出詩人各種各式的意象語言。就如女詩人朵思，她也寫著隱藏的溫潤情愫，在〈紅豆情懷〉一詩中，她的情感很含蓄：「隱然帶有漂移情愫的情節／是寓豐富想像力於其中的相思豆／從莢果乾裂而出／移居到撿拾者默默含蓄的靜好心情」，相思豆寄寓相思，而相思的情愫內斂而舒緩，「即使愛不釋手／也祇能讓他的影子瀰漫在白日或夢境」、「幻想的極致：可以與他攜手走過兩排相思豆樹／夜裏荒涼／摶它、撫它／也一樣擁有愛與幸福」。對於相思的對象也不過就是在白日或夢境中想念他的影子，或是最大的幻想就是與他攜手走過相思樹，在夜裡心中還念想著對方，這就是一種幸福。

　　似乎男性詩人在面對愛情時，含蓄或是內斂，試圖以意象表現內在的情感，或者著重在生活實用的事物上，他們的愛情始於美麗的夢想，而最後停留在日常生活平實的事物表現。女性詩人則在生活的忙碌背後以充足豐沛的想像畫面，試圖構畫一幅以心靈契合為愛情主要目標的繪畫，在某種想望與企求中展現對於愛情的渴望。

---

[8] 　簡政珍：《所謂情詩》，頁38。

女性書寫愛情著力於心靈相知的情感，只要一點點相知相惜，愛情的幼苗就會在心中長成一棵大樹，而男性的意象顯然體現在具體事物的展現，以及對於愛情有著實際生活的描述，兩者對於情感與意象經營的企圖心各有擅長。

　　詩的意象反映詩人的內在心象，從情感的角度讀詩人感性的詩句，有時會發現性別在詩的意象上不同的發酵程度，借此看到不同性別書寫的差異。

文字的遊戲或遊戲的文字
——詩人喜歡玩趣味？

　　文學是創作與創造，或是遊戲？

　　詩在語言上的表現有沒有可能是一種非嚴肅的表達，而是一種遊戲的，好玩的表現？

　　古人在詩的文字上曾經玩過一些遊戲，所謂的「回文詩」或「回文聯語」就是，例如蘇伯玉的妻子作的《盤中詩》，因蘇伯玉出使在蜀地，長年不在家，思念丈夫的妻子於是在盤中寫了一首詩，托人送給丈夫。文字從中央以回旋的方式往外念，代表妻子迴環的情意，後人稱為「盤中詩」。而回文詩的特色是將詩排列為圓圈狀，從左到右或是從右到左都可以念出有意義的詩句，例如回文聯語為：「人過大佛寺，寺佛大過人。」或如「上海自來水，水自海上來」，順著讀或是逆著讀都可以讀出文字的意思來，透過文字迴環的效果產生趣味性。

　　桑世昌的《回文類聚》中提到，「以意寫圖，使人自悟」的「神智體」，也是一種文字的趣味遊戲。只是這類的文字遊戲並非修辭，也非正常的創作路數，只是在文字的排列上或是形象上產生的閱讀上的新鮮感與刺激，使得文字除了按照一般閱讀的意義之外又產生許多新的閱讀樂趣。例如圖如下：

亭　畫
　原　節
老　斜
　雨云　暮
首
江　翠　峰

上圖其實是一首詩，若解為文字則是：

> 長亭短景無人畫，老大橫托瘦竹節
> 回首斷雲斜日暮，曲江倒蘸側山峰

此詩名又題為〈長亭〉，取第一個詞長亭為詩名。宋朝‧蘇東坡所做的《東坡問答錄》中提到，宋神宗時，北邊的使國來到中原，每每以能寫詩自我誇耀，並以詩詰問在朝的翰林等大臣，朝中無人能夠應答，皇帝便叫東坡試試，東坡知道使臣要刁難他，故意畫一首詩，回問使者，此詩讓使者當下無法解出，只好知難而退。

　　此詩又名為〈晚眺〉，東坡利用「觀詩」而不是寫詩，不以正常解詩的路子思維，才能一時唬住使者。所謂的詩本來就是寫的，東坡卻用「觀」詩，另出新奇之路，改掉詩本來的用途，透過文字遊戲的可能性，使得使者當下傻眼，而東坡因此佔了上風。

　　以圖來寫詩，在現代詩中則是圖象詩的寫作原理。但詩寫著寫著，如果加上一點玩樂的性質，那也就可以像東坡一樣以「觀」而寫詩，現代詩中的圖象詩就是一例。

　　透過排列組合而產生意義的豐富性，圖象詩的圖象排列就是一種新鮮的創意。如紀小樣的〈傘的故事〉，從第一把到最後一把的傘的大小與花色一直在變化，每把傘所產生的細微變化，說明愛情

的演變，從兩人撐傘到最後只剩下一把小小的黑傘，讀者一方面在文字上已經看到戀情的變化，同時也從視覺圖象明示著愛情的演變過程，在讀者的閱讀上有雙重的閱讀效果，而產生更豐富的閱讀享受。

文字的遊戲性來自文字本身具有的特色，也來自於文字本身產生的趣味與美學上的審美趣味，朱光潛的《文藝心理學》中提到：藝術與遊戲有著共通的特點，在於將意象客觀化，把心境從外物所關照的樣子轉換形象而具有創造的性質，將其意象經營之後換個新的面目返射到外，成為藝術創造的具體意象。[1]因此，遊戲的本身就可能是一種創造性的活動。

然而，當我們提到「文字遊戲」時往往給予負面的評價，帶有一絲不以為然的表情。其實，詩的閱讀趣味性可以是文字本身的，也可以是圖象所帶來，更重要的是，無論是前述兩者，或是透過文字的趣味組合以產生新的意涵，對於詩的創作具有更大的意義，那就是創造的思維。創造文字以產生新的趣味或是意義，在某種程度上是詩人創造的巧思，以及因為不甘於寂寞，不因循舊法的創作因子做祟，詩人蠢蠢欲動的變動力像是春天不斷冒出的新芽，造就源源不斷的作品。

在詩人的創作中，以詩中的文字組合，透過重新排列組合產生的新的閱讀樂趣。例如渡也的〈手套與愛〉一詩中，詩人就捉到文字本身的趣味性，愛被包裹在手套之中，love與glove在g+love=glove這樣的可能性中，詩人產生一首詩，並在愛是套在手套中溫暖的感覺鋪陳一首詩的內涵，透過愛與手套之間的辯證關係以產生詩

---

[1]　朱光潛：《文藝心理學》（臺北：臺灣開明書店，1969），頁188。

意。這首詩早在渡也的詩集2001年出版的《手套與愛》中已經玩過這樣的遊戲。詩集中還有一首詩也玩同樣的文字遊戲,〈鴿子〉:「我在每一封信上叫你/dove/妳常抱怨說/鴿子只是和平的象徵而已」,第二段說:「其實你不知道/love的頭一個字母上/站在一隻/d/那就是鴿子/所以鴿子心中含著愛」這首詩與〈手套與愛〉使用相同技巧,把文字的組合與詩的意義放在一起形成特有的趣味。

後現代的夏宇,透過拼貼的趣味,把文字弄得七葷八素,但在昏亂中,文字卻自己生出某些趣味來。例如《摩擦‧無以名狀》詩集中,夏宇從超市買來的自黏相本,她開始剪自己的詩集《腹語術》,然後重新組合,貼入許多看似無關無意義的句子,而句子與句子之間竟然形成某些看似有意義的組合,於是她從無義/有意之間拼貼她原有的詩集變成另一本詩集。字是顏色,像畫一幅又一幅的畫,詩人把字當成色彩,拼貼在每一幅空白的頁面上,在無關的組合中,字與字找到自己的生存空間,而關聯出一首又一首的詩。

夏宇在玩顏色,她把字當成顏色,重新認定字的意義,而不同顏色之間會組成新的色彩美學,這就是夏宇玩的文字遊戲,文字透過新的視覺眼光,在舞臺上重新展現自我可能的新意義。例如〈擁抱〉一詩中:「風是黑暗/門縫是睡/冷淡和懂是雨」,風、黑暗、門縫、睡,是隨機的組合,但在組合後卻生出另一種可能性,詩的拼貼趣味或隨機而來的遊戲性,使夏宇的詩有著脫序的美感,卻在脫序之中又產生嘲弄的趣味,更有趣味的是詩集的產生本身就是一場遊戲,就是以自己詩集中的文字做為剪貼的對象,在遊戲規則下,進行文字的遊戲。

然而，夏宇雖然在形式上的遊戲中進行她的後現代主義的拼貼組合，但卻也理性地產生類似有意創作的文字，如〈閱讀〉：「舌尖上／一隻蟹」或是如〈道德的難題〉一詩中：「仍然／養在魚缸裡」，這兩首詩，表面上也還在遊戲的範疇中，但怎樣看都是具有意義的好詩，其實也無法全然否定作者創作的意圖與暗藏的設計。

　　「粉」年輕的中年詩人，就屬唐捐最愛在文字中玩遊戲，以唐捐的詩集《金臂勾》為例，文字的趣味性被作者翻騰到最無法可管的地步。唐捐玩得不亦樂乎，似乎也不太厭倦此類的文字遊戲。但他其實也可以寫成〈悲傷12種〉那樣可口有趣的文字，如利用雙關與混搭語言的趣味性所寫的詩：

　　8.奇羊難耐
　　　自從你回眸（對把郎）傳染了一個笑
　　　偶的心就長出無數疹子
　　　這裡羊，那裡也羊[2]

這首詩透過「羊」與「癢」的雙關，看到女子與另一個人之間的相視而笑，這個主角就心癢難耐，「（對把郎）」用臺語念是對著別人的意思，女子對著別人一笑，「偶」是現下流行的網路用語「我」的臺灣國語，在語言的混搭中，唐捐也不忘用臺灣國語戲謔一番，而心癢雙關於心羊，把悲傷之一種變成好笑的一種，遊戲之中仿如也帶著一滴小小的淚。另一首〈11.不狗言笑〉以狗

---

[2]　《吹鼓吹詩論壇》23期，頁94-95。

與苟的雙關，〈12.還豬天地〉也是以雙關為樂：「天地不接受，又把牠還偶——／偶仍挺著一顆豬頭／看阿飄過」。[3]這豬頭的自我嘲解雙關於還諸天地的諸字，以聲音的雙關帶出另一種詩的意涵，從中產生閱讀的樂趣，所以朗誦者故作嚴肅，以臺灣國語朗讀他的混搭詩，聽者莫不哈哈大笑，忘記了詩的原意其實是悲傷的無解戀情。

表面上看來像是遊戲的文字，其中卻含有深意。好笑的12種生肖，內容的語言混搭讓讀者哈哈大笑，卻忘記了詩題為〈悲傷12種〉，詩人是否在遊戲中寫著生命的悲傷，人生的悲傷？或是每一種生肖的悲傷？這些悲傷的背後是否在說明生命本身荒謬而可笑的呈現？笑中帶淚的不就是人生的真象嗎？

文字遊戲玩到後來，有時不知不覺假戲真做，假戲與真情那裡還能分得清楚？人生如戲，戲如人生，在遊戲的文字中，包藏著生命深處無可排解的悲涼。表面上看來像是遊戲的文字，其中卻含有深沉的意涵。

文字遊戲始於遊戲與戲謔，最後是詩人深刻的情意表達，笑中帶淚的詩句，或許是對社會的嘲諷，或許是寄託某些想法，詩作才能顯出個別存在的價值，而不僅僅是文字的遊戲而已。詩在意義與情感的表達上產生個別的生命與態度，縱然詩人在文字的遊戲中耍弄多少花招，或是故意在舞臺上跌一跤，讓讀者哈哈一笑也好，詩的深沉內涵必然在文字的遊戲中表達出來，並且打動人心，或是引起共鳴，歡笑地嘲弄人生，或悲傷地表現生活都是一種表達方式，也都是詩人透過詩句表現的生命情調。

---

[3] 同註2。

文字在遊戲中產生趣味，遊戲的文字也具有某些真意，讓趣味變成一種美學表現，凡是文字產生的趣味，或是因文字而表達的某些想法，在於詩的語言表現中，都是可以被寬容的行為，詩的語言舞臺應該更加寬廣，更加具有多樣多元，文字的遊戲雖非正宗或是唯一，卻也可以添增許多趣味，在閱讀上的趣味性與美學觀似乎也可以茶餘飯後，津津樂道。

如何戲劇？如何詩？
──從亞里斯多德《詩學》談起

    詩如何戲劇？如何詩？戲劇與小說跟詩之間的關係，似乎扯不上關係，然而，如果試圖連結戲劇與詩的關係，也許會聯想到文體跨界的問題，文體的跨界在現代文學創作中不是新鮮的手法，常常是創作者在追尋更多的創意時試圖使用的技巧之一。在詩的基本元素中加入一點戲劇性，讓故事性在詩中佔有較多的分量，例如以對話的手法加入詩的意象語言，讓語言產生變化以及適度調節詩的表現方式等等。

    西元前三百多年的亞里斯多德所著的《詩學》一書中討論純藝術時，以悲劇和敘事詩為其主要討論的對象，《詩學》中提到悲劇的情節是以「恐懼與憐憫」做為衡量情節優劣的標準，而這一個標準的理由是因為於劇中人的可憐遭遇能夠引起的劇外人／觀眾對於主角角色的同情與憐憫，並由於觀賞者對劇中人感同身受的情感，使欣賞者產生內在的情感轉移與同理心，從而淨化觀賞者內心的情感。

    這一說法，源於生活中有許多痛苦，恐懼與憐憫是兩大考驗，生活中的痛苦需要發洩與引導，在觀看戲劇時，透過對劇中人的同情，而產生悲傷的眼淚，激發出觀眾的內在情感，進而淨化了情感的壓抑與生活的苦悶，戲劇存在的功用即在於提供觀眾在觀賞之後情感的宣洩與淨化。

雖然，亞里斯多德的老師柏拉圖在他的理想國中拒絕詩人的進入，他對於詩人在詩中表現的形象與情感也很不以為然，他認為與其感傷外在事物，而令讀者陷入悲傷的情緒，不如務實一點。而亞里斯多德則從戲劇的角度反駁柏拉圖的看法，提出戲劇因為引起觀賞者的悲傷，而以悲傷化解了恐懼，以悲劇淨化了情感。這些論點雖然引起爭議，也因為淨化（catharsis）一詞引起許多正面與反面的說法，但是亞里斯多德在他的《詩學》一書中，用悲劇以滌除內在的痛苦情緒，這對於觀賞者或是讀者，有著另一番的體悟與思考。

　　詩的存在與戲劇一樣，具有某種淨化情感的效用，詩的書寫者往往是在內心痛苦時透過文字尋求宣洩的管道，現代「療癒」一詞，用文字以治療內在的傷痛，借由文字書寫以治療痛苦，因而讓心病得以痊癒的說法，也呼應亞里斯多德提出的以戲劇作為淨化內在情感的功用。

　　因此，詩人在詩的世界中，強化內在情緒的表達，悲傷、痛苦或是憤世嫉俗的情感透過文字的強烈暗示與表現，使得詩人在寫作的同時就已經抒解了內在的痛苦，相對地，讀者也許沒有一隻彩筆，卻在理解／同理作者的心情時，同時也共鳴了作者的痛苦，而達到抒發與宣洩情感的效果，這也就是「淨化」的詩學。

　　但其中有些值得玩味的地方，其一，詩人也許只有部分的自我，而不是全我處在悲傷與痛苦之中，也許詩人只是表現自我性格的一部分，或是當下短暫的時間中自我的痛苦，詩人在書寫時，詩中的情感有可能只是詩人某部分的人格或情感而已，不一定是全部的詩人本身。

　　換個角度來看，閱讀者在產生共鳴的時候，或許也不過是閱

讀者處在與創作者相似的情境或情感下，兩者相互激盪所產生的聯結，詩人與讀者透過文字的力量而聯繫起如同心有靈犀般的情感共鳴，但這也非全然的讀者全我。所以，亞里斯多德的理論中，觀看戲劇雖然得到情感的淨化，卻只是短暫的淨化，而不是全然的超脫，因此，戲劇可以不斷觀看，而詩也可以一直閱讀下去。

其二，淨化之後產生的「快感」，因為悲劇的快感使觀賞者的心理恢復到健康的狀態，因而悲劇具有娛樂性。此種說法影響西方戲劇與文學甚多，而導致西方的戲劇多為悲劇收場，與中國戲劇中的最後以喜劇收場的模式不同，東方人喜歡看喜劇，因為喜劇讓人在哭過之後，破涕為笑，而悲劇則帶著悲苦，讓人無法跳開悲傷而引起更多悲傷。這種美學觀在東西方的戲劇上面反映出理論走向不同所產生的不同美學傾向。

亞里斯多德的悲劇理論在詩的敘事上，可以分成兩個部分來說，首先，詩的戲劇性表現在亞氏的時代，是敘事的目的，或是以史詩存在，詩的作用是歷史的，透過詩歌傳唱的功能以傳遞訊息，傳承歷史，或是透過敘事的內容，以故事情節寄寓某種意念與情感，同時，觀眾也在詩的傳唱與欣賞中得到訊息的傳遞與情感的抒解，此一詩的作用則因為文化不同與時代歷史的變遷不再那樣重要。其次，若從文學的創作角度來看，詩的戲劇性也可能是文學創作上文體的跨越，從戲劇的元素到詩的元素，文體創作上像一座橋，跨越詩與戲劇，那就是在創作技巧上的敘事元素，例如陳克華的詩〈在晚餐後的電視上〉：

　　我在電視上看見一位很年輕的父親
　　分期付款買了一幢住宅在遠遠的山坡地上

早晨他微笑著醒在被褥微皺的床上，夢境安穩，
目光飽滿[1]

詩人的敘事中，包含「早晨他微笑著醒在被褥微皺的床上，夢境安穩」這一類身為創作者不可能知道的事，詩中男主人夢境是否安穩，或他早晨是否微笑著醒來，此種想像的情節是小說與戲劇中的全視觀點，以上帝的角色全知全能地知道劇中所有不為人知，也就是主角個人獨自一人時所發生的事情，或是一個人時內心所產生的掙扎與想法，此種全視觀點不屬於詩的個人性，主觀性的敘事，而是小說與戲劇的使用手法，兩種文體的融合使用，在詩的創作上雖非正統的表現方式，偶而在文體的跨越上產生許多的樂趣與新鮮感。陳克華此首詩寫的是一種社會關懷，遠遠的山坡原本的樣子是這樣的：

我在晚餐後的電視上看見
也終於記起那山坡原來的樣子
高高的芒草大片翻白
裏頭藏了一個黝黑瘦小的鄰家孩子
他牽著水牛走出來
說：貧窮，扼殺了我原本許多細緻的德行……[2]

詩中的畫面透露作者的一點記憶，而在敘事上冷靜客觀地描繪過去曾經發生過的事情，於是讀者從中知道，遠遠的山坡原本是貧窮

---

[1]　陳克華：《我撿到一顆頭顱》（臺北：麥田，2002），頁166。
[2]　陳克華：《我撿到一顆頭顱》，頁168。

的，但也有著水牛與純樸的「細緻的德行」，然而，山坡被建商買走，蓋滿房子出售之後，純樸的景象只成為過去的記憶，現在是富裕的人們住進一棟棟美麗的住宅，他們在享受整潔幸福的家庭生活，所以「夢境安穩，目光飽滿」。然而，詩人接下來說：

> 而富裕，卻增添了我不少華麗的感傷。
> 在電視上，我深深知道此刻
> 他是真正快樂的──
> 身為一個亞熱帶島嶼的子民
> 也熱衷於健身，公益和文化事業等等
> 像一位攫取了我家族所有優點的兄弟
> 我深深憎恨與愛慕[3]

對於這樣的敘述，富裕並非帶來詩人／外在觀看者／電視機前觀眾的一種快感或幸福感，反而產生華麗的感傷，任人憎恨與愛慕，既嫉妒又憤恨的矛盾情緒產生於詩人個人的內在，也反映觀看者對於洋洋得意的買房人心中的不滿，雖然最後詩人在詩的最後一段說，每位年輕的父親在每晚垃圾車來時，借由倒垃圾而「丟棄自己一次。」把詩人對於將山坡地蓋房子，並將城市的手伸入白芒草的貧窮山坡的行為不以為然，卻也有很多「年輕父親」不斷追求此種物質的快樂與滿足。

　　透過詩的內容，詩人表達他對於現代化擴張到郊區所帶來的轉變，也許富裕取代貧窮，但人類的心靈、道德的情操未必更加提

---

[3]　陳克華：《我撿到一顆頭顱》，頁168-169。

升，反而可能是自我放棄或是墮落的開始。從亞氏所說的詩的作用在於淨化情感的角度來看，詩人在書寫的過程中已經抒發自我的情感，而詩對於詩人而言就是一種自療的方式，無論是傷感或是憎恨的情感都在此種書寫中得到釋放。

　　一個與大地與自然密切生活的詩人，她的詩中從自然的畫面中也在尋找救贖與淨化，從對外在事物的描繪中，外在景象給予詩人的是對內在情感的鼓動與激勵，余秀華的〈田野〉一詩中說：

> 下午，我散步的時候，一隻鳥低低地懸在那裡
> 承受天藍的蠱惑，不停地從翅膀裡掏出雲朵去擋那樣的藍
> 而稻子抽穗了，一根一根整齊而飽滿，微微晃動
> 我多想在這樣的田邊哭一哭啊[4]

田野是富饒的，有著懷孕的老鼠，剛出殼的麻雀與野雞，生氣勃勃的誕生充滿生命力量，鳥低懸，享受藍天與陽光，藍色的美好令人想起夏日茂盛的綠意，抽長整齊的稻穗微微晃動，天地在平和的陽光下，生命進行著，在此種外在環境的描繪中，詩人感到想哭，顯然是喜極而泣的感動，生命如此美好，而天地養活的天野充滿富饒的景象，人們內在對於外在的感動因此油然而生。

　　感動，使得內在情感得到淨化，哭泣之後，人類的心靈在受到衝擊與感動之後產生新的體會與想法，內在情感的痛苦經過如水流般的沖洗之後，似乎產生新的生命動力，讓自己充滿能量，在人生的路上繼續勇敢前進。

---

[4]　余秀華：《搖搖晃晃的人間》（臺北：印刻，2015），頁126。

悲劇的敘事，並在字裡行間書寫悲傷，此種故事雖然寫的是別人的痛苦，但是他人的悲劇使觀賞者內在的情感得以宣洩，重要的是，人們在觀賞時，同理心的產生與同情，讓觀賞者如同站在主人的角色，同時感受詩中主角的內心世界，從觀賞的字句中，閱讀者彷彿也站在田野邊上，看著鳥、藍天，與一片綠意的稻穗，在與詩人同樣的立場與角色裡，讀者與詩人一起經歷了這一段田野之景與情，並可以感受到詩人為何喜極而泣的內心世界，於是在詩人哭泣之後，讀者也同時感受到喜悅之感，此種透過詩的情節與故事性所產生的效用，對於讀者而言就是一種情感的淨化效用。

　　上述的兩首詩在敘事上具有戲劇性的特色，因其敘事的方式鋪陳一個完整的畫面，語言是敘述的語言，讓閱讀者在觀賞上引入一個故事的內容或是想像的境界之中，對於現代詩而言，這類的描述手法本身具有如戲劇效果般的情節，較為接近小說的描繪，此類的描述方式卻因為語言上傾向敘述性而較易與一般讀者產生共振，也較易為一般讀者接受，因而也較容易引起情感的共鳴。

　　亞里斯多德的詩學理論雖然以情感淨化為主要的功用，可是其表現的詩作在於有戲劇性的敘事詩，因為戲劇以故事情節引起觀賞者進入詩中描述的世界，其效用更甚於抽象的藝術，同時也可以不限觀眾的程度或是學力高低或美感欣賞的高下等等，而能在雅俗共賞的層次上，進一步讓觀賞者體會或是感同身受，於是情感的淨化就會達到更好的效果，所以，這也是詩與戲劇在情感上具有淨化的功能，而詩在創作形式上較為接近戲劇的可能性。

岩上詩中的旅行觀點
──以《另一面詩集》及《變形螢火蟲》中的旅行詩為例

　　旅行文學曾經盛行一時，在臺灣經濟實力最佳的一段時間中，人們的一般生活逐漸轉為旅行生活，走出國門，並在自然景物中找到另一種生活情趣。1980年代，解嚴後的出國旅行機會增加，幾家航空公司舉辦的旅行文學獎，帶動旅行與文學結合的寫作方向，旅行文學的散文成為盛極一時的文體，從讀者的閱讀與書寫者的書寫中，文壇中則出現旅遊的文字趣味與生活品味。

　　在散文的書寫之後，詩人也一直在旅行中以詩寫出他們的心得，不限於文體的侷限，旅行詩也在詩人的作品中出現，只是少有詩人以完整的一本詩集都以旅行為主要題材，通常是詩集中的幾首詩，或是詩集中的一卷或是一輯，本文所討論的岩上的旅行詩，就是在詩集中的一卷，在《另一面詩集》中，詩人以輯八／越南紀行／歐遊剪影詩抄，書寫詩人在越南的旅行所見，以及旅行歐洲時的見聞。在《變形螢火蟲》中，則是輯二／阿里山日出，以及輯七／美國之旅詩抄，書寫詩人在阿里山所見的人文景象與風光，以及旅行美國時的旅途經驗。本文針對詩人的作品中，以旅行為主題的卷輯，見出詩人旅行的特殊觀點與人文關懷。

　　岩上，本名嚴振興，1938年生，1955年接觸現代詩，1966年加

入「笠詩社」，期間，不但擔任笠詩社主編，還不斷推動詩的回歸本土，國中教師退休後，近年專事兒童文學學會理事長並專事寫作。《另一面詩集》出版於2014年12月，《變形螢火蟲》出版於2015年7月，這二本詩集相隔半年，但兩本詩集寫作時間都很長，《另一面詩集》收錄2006年到2009年的作品，《變形螢火蟲》收錄2010年到2013年之間的作品。

　　從詩人的生命歷程中，投射在詩中的思想或意境可以觀察，詩人在笠詩刊的時期，主張的回歸本土，是他對於本土的生命，生活等的關懷，所以書寫的語言在笠詩社詩人中，以白話的淺白的用詞為要，不以華麗的修辭為主。由此可見岩上的詩風是平易近人，並傾向更為本土的白話。而在前述兩本詩集的寫作過程，這一段期間，詩人平日練習太極拳的功夫，練身強體的太極拳具有易經陰陽思想，而這陰陽交會融合的拳法與易經思想也成為詩人在詩中有意無意中透露出的生命情調。

　　本土是一種終身的內在關懷，旅行卻是身心暫時離開他愛的土地時，兩者可能呈現的對比與關照，或是面對景物時內心的不同省思。在詩人的生活中，詩是創作的方式，是情感的表達，再深入探看詩人的思想，發現詩人受到中國傳統思想的影響相當深刻，在詩中出現對生命的感懷，或是對於陰陽之間的對應關係，莫不形成詩人詩中深刻的思想意涵。

　　《另一面詩集》中，他提到詩集名稱，說明「另一面」的來源，不在於標新立異，卻是在力求「致中和」的本體，在易變中所獲得的原體思考[1]。所以說，詩道在一陰一陽的變化中，尋找其本

---

[1]　見〈自序〉，《另一面詩集》（南投：南投縣文化局，2014.12），頁7。

源，也在另一面中，窺見詩的另一種可能。生命的增長對於詩人而言，要問的問題依然存在，人生的實感，詩的落實點，都是一生的課題。但在另一面中，也許如太極陰陽，能得到另一種解釋。所以，詩的一面可能是繁華的，另一面卻可能是孤寂的虛空，此種思想透過旅行的景物書寫，與對於景物產生的生命感懷有所頓悟與體會。

疑問一直存在，這是詩人在詩中思想上的不斷自我反思，如〈北迴歸線──嘉義即詩之一〉：「六十年之後現代／裝飾，一顆穿針引線的紀念珠叫做／太陽館眺望塔，招引眾多後生的遊客來／觀賞，怎麼都找不到／那條跳火的繩索」[2]因為找不到，所以還在尋找，因為尋找，所以也會不斷有答案，人生不是一潭死水，而是不斷追尋答案的過程。〈地平線〉中說：「地平線　這邊／滾滾紅塵／地平線　那邊／不見／是否淨土」，遠方的地平線，不是一株絲杉，也不是一條遠方的線，詩人想到的是跨出地平線之後，究竟是否為淨土，眾生處在紅塵之中，而遠方是否可以擺脫紅塵，找到極樂？所以詩的最後說：

無限量
天
　地
　明晰與誨暗　拉扯的
一
　條

---

[2]　岩上：《另一面詩集》，頁71。

索
　　錬[3]

地平線對於詩人而言，是一條拉扯中的索錬，呼應第一段所說的滾滾紅塵與淨土之間的拉扯，從此中見出，景物對詩人的提點，並非景物的美好或是旅行的愉悅，他所思考的是生命問題，是人的問題，景物帶給人們的是反思生命存在的種種，是對於解脫／無法解脫之間的啟示。

　　景物於人而言，可以單純是景物，物不動，人也不動，物因四季變動，而人心會因此變動，這是詩的起源。景物對於人所產生的個別性特色，才是旅行文學的精神所在。景物是景，但每個人面對的景物，產生屬於個人的情感波動，景與情感的交會之中，文學則創造出不同的情意內涵，物不動，動的是人心，人不同，則情自不同。

　　觀看景物的角度也是非常個別化的，在描寫景物時，視詩人對於世界的解讀如何，而有不同的書寫方向，如〈王功漁港看海〉：「防波堤上的看臺／把遊客移動的身影／剪貼／一幅看海的圖案」[4]，詩的意象與剪裁透過詩人的眼睛找到新的定位，意象透過詩人的發現或是轉換，在一般人眼中看來平淡無奇的畫面，在詩人的意象轉換中，就換成另一個角度的世界，所以，防波堤的看臺上，是一幅畫，對詩人而言，他似乎是遊客，卻也客觀地在遊客之外，看著遊客。所以，風景是景，人也是景。又如〈集集綠色隧道〉：「綠與光的交感／人影沒入樹影之中／到集集千萬不可急

3　　岩上：《另一面詩集》，頁75。
4　　岩上：《另一面詩集》，頁79。

急通過」[5]，人常在景中，也隱身於景中，最後「集集」雙關「急急」，不急急，才能見到人與景合而為一，人在樹影中隱沒時，人也是樹的一部分，也是大自然的一部分，這是詩人的自然觀。

景物的描寫看出詩人在旅行中的世界觀，從詩人觀察世界的角度中，讀者也跟著詩人進行一場旅行，在文學的眼光中讀世界，別有一番風味。〈街景〉中說：

店門口
矮小的凳椅茶几
一碗茶
一杯啤酒
閒逸著
一個黃昏
一整夜晚[6]

街景是一個完整的畫面，也可以是切割的畫面組合而成。詩人的街景屬於後者，店門口，詩人以緩慢的速度慢慢看過事物，有矮小的凳椅茶几，几上有一碗茶，一杯啤酒，茶與啤酒顯得不同的文化感與時代感，被放在一起，衝突的畫面卻融合了古今中外。而無所謂文化與時代了，閒逸是唯一的休閒，就這樣，一個黃昏一個夜晚，在閒逸中度過。詩人的書寫，是一行一個畫面，每個畫面都是部分的，從部分到全體才能拼圖完成。詩人是否在其中？以詩句中的冷靜書寫，也許在，也許不在，但詩人以客觀冷靜的書寫景色，沒有

---

[5] 岩上：《另一面詩集》，頁81。
[6] 岩上：《另一面詩集》，頁180。

過度的激情。又如〈蒙馬特山丘上的藝術村〉：「各佔有一格可揮灑的方田／街頭畫家／密集的複眼／放電，像山坡上的野花。」[7]詩人在寫的是蒙馬特山丘上的藝術村，卻以一種遠方的眼光，客觀地注視著藝術村的畫面。

又如〈唐吉訶德小酒館〉：「紅色波浪屋瓦／白色屋外牆壁／水質架構的平房接連／庭前的高輪馬車／石雕的水槽／陪伴唐吉訶德身穿盔甲的塑像存在於故事裡」[8]，書寫的方法也是一行一個畫面，所有的畫面組合起來就是當下的完整景象。跳盪的意象形成系統，每一個意象組合而成一個完整的意象系統，岩上對景物意象的處理常是讓意象個別說話，個別組合的意象系統，就是當下的景物呈現。

在景物的描寫上，岩上常常將自己置身事外，以遠距離的角度觀看近處的景物，所以，他常常是遠鏡頭的書寫角度，看到世界如一幅畫一樣，上下左右的諸多事物組合而成一幅他詩中的畫。而詩人卻在畫外，冷靜觀察。

在《變體螢火蟲》一書中見到這樣的寫景，〈拉斯維加斯夜色〉：「打開天方的布幕，夜譚／喧囂起來，飯店的各異造型／集合夜精靈的／星座／霓虹燈打光亮照」[9]。後者在語言的書寫上較《另一面詩集》複雜些，在修辭的運用上也較為多樣，但景物的書寫還是一種遠觀的意象處理景物。

除了景物描寫之外，情感與思想的書寫也是旅行詩中重要的一環。

---

[7] 岩上：《另一面詩集》，頁188。
[8] 岩上：《另一面詩集》，頁206-207。
[9] 岩上：《變體螢火蟲》（臺北：遠景，2015），頁253。

在旅行中透露出詩人的想法與情感的時候雖然不多，但也可以找出一些例子，如〈登履天空步道〉：「飛越峽谷／挾載著／我的心思翱翔／一隻鷹」[10]，在詩人客觀冷靜的旅行中，偶而見到詩人情性流露，詩人遊美國時，看到峽谷的崇高峻峭，不禁興起像一隻鷹般的願望，也見到詩人真性情。

景與情的融合，詩人見到外在景物而賦予心中的想法，如〈霧裡賞櫻〉：「入山／不見山／雲霧湧動／成為藏景的／布幕」[11]，暗藏著禪宗的「見山不是山，見水不是水，見山又是山，見水又是水」的公案禪語，這也是詩人平時對於傳統思想的掌握。

詩人有許多思想見出佛道思想的影子，如〈蓮花火鍋〉：「靜默於水冷中千年／才修得一枝出汙泥而不染的／挺直」[12]，以佛家的蓮花出汙泥而不染的概念寫火鍋中的蓮，但第二段則「三焦聚頂的／花蕊，拈下」，「三焦聚頂」是道家練氣修道的名詞，三焦聚頂成花，詩人因此拈下，可見詩人修練的道家氣功，試圖達到最高的境界。

看到阿里山的樹，詩人想的卻也與人不同，他看到一棵樹生長幾十年幾百年之後被鋸斷，想起的是「二祖慧可／立於洞外／砍斷手臂／鮮血／染紅了雪地」，斷臂之痛如樹被鋸斷時的血肉之痛，樹斷，不僅是臂斷，而像是慧可斷臂求法的決心，而斷都是像血染紅了雪地一般令人觸目驚心。詩人在看著海洋時，詩人也想到與佛家思想相關的意念，〈眺望太平洋〉：

10　岩上：《變體螢火蟲》，頁249-250。
11　岩上：《變體螢火蟲》，頁74。
12　岩上：《另一面詩集》，頁160。

這一頭沒有彼岸

那一頭也沒有此岸

浩大的海洋只有滾滾的浪濤

海洋該有岸邊的[13]

看不到邊的「生滅差距兩極／有限的視野／在這邊看不到那邊／在那邊看不到這邊」，「無法兼顧的／人生逆旅／啊／茫茫大海」。海的無邊無際讓詩人想到生命的旅程，也是無法兼顧兩邊的，這邊看不到那邊，那邊看不見這邊，這是生命的無奈。面對海洋，詩人不是讚嘆其廣大無邊，而是聯想到人的一生，似乎看到彼岸是一件極為不容易的事情，也許，詩人感到生命的有限，修行的無涯，人如同在海洋邊上，找不到彼岸的可能。

　　人生的百味是修道的起點，〈玉蘭茶鄉〉：「飲一壺沏不盡的潤流／千古茗品／話盡人間多少冷熱濃淡」[14]，人生的百味都在苦中回甘的茶中滋味了。人在生死的面前，有多少的尊嚴？〈人骨教堂〉中說：「他們隔離著我們很遙遠／似乎也不遠」[15]，看到人骨教堂中眾多的骨頭，想起死亡才是生命最後的終點，詩人感嘆，死亡其實離我們很近，不遠。歷史的痕跡也留在景點之中，〈巴黎凱旋門〉：「榮耀後的餘留陰影，拉長／歷史的篩撿與漂白」[16]，經過歷史，時間的延長，人的生命與光榮似乎變得更微不足道。

　　人的生命是渺小的，在歷史與大自然的偉大中，人類只能彎腰謙卑，如〈大峽谷素描〉：

---

[13]　岩上：《變體螢火蟲》，頁64-65。
[14]　岩上：《另一面詩集》，頁164。
[15]　岩上：《另一面詩集》，頁196。
[16]　岩上：《另一面詩集》，頁186。

淵深無可測的大自然語彙之海

每個侵臨者

都凍僵在視域之外

成為烈日下

一個渺小的黑煙[17]

黑煙，是一個人生，對人而言，一生很漫長，生活中的小事都是大事，但比較於宇宙，比較於自然的浩瀚，人也不過是一個小小的黑煙。從大自然的旅行中，詩人看到自己的渺小，看到生命的無窮，也見到大與小之間無法對比的份量，從旅行過程，感悟人生的境界。

　　岩上的旅行詩，在寫景上有著屬於他個人的冷靜客觀的觀點，但在景色的觀賞與旅遊過程中，詩人常常想起生命的價值、意義、人生渺小等等議題，在對於禪的體悟，佛家思想，易經陰陽，道家氣功等各家思想的背景下，詩人常將此類的體悟與省思放在他的旅行詩中，使詩的內涵與高度不僅是旅行，也不是個人情感而已，更將景物與生命哲學放在一起，景而生發出生命的頓悟或是人生的感嘆，將思想的內容放在景物之中，於是，岩上的旅行詩而有魏晉時期山水詩類似的風貌，從山水之中感悟人生的道理，魏晉的山水詩在於老莊玄言上的啟發，但岩上的旅行詩卻可以道家，佛家，禪宗各種思想的匯入，在思想的內涵上更加多元而豐富。

17　岩上：《變體螢火蟲》，頁233。

愛情的擴散與緊縮
——從李宗盛的〈領悟〉比較詩與歌詞的差異

　　愛情的主題一直是文學寫作的重點之一，從詩與歌詞的領域來看，現代詩中的愛情詩各有擅長，浮濫者有之，精緻者而膾炙人口傳唱至今者更多。歌詞的傳唱中，以情愛為主題的題材卻佔有極大的版圖，無論是愛情中的甜美之情，或是傷情，或是誓約之情、暗戀之情、夫妻之情等，「情」可以說是歌詞的主要內容。

　　以「情感」作為主題，詩與歌曲在語言與意象表現上有著不同的情感取捨與寫作方法。詩在情感的發散中採用的是較為含蓄的表現，不會以過度氾濫的呼喊或是直述情愛為表現方式，在文字的取材上重視意象，以含蓄的內容暗示情感的內涵，不會直接指出情愛，更不會以露骨的直述表白為詩的語言表達。相反地，歌詞則較詩更為開放、直接、露骨，直接抒發心中所想的所要的情感，並以最白話的語言表現方式說出主角的內心情意。對於歌詞而言，意象使用較為簡要而且簡單，甚至不用意象而以直述句說明情感悲傷或喜悅，直接表白是歌詞比較於詩時在語言上最大的不同。

　　從音樂性角度而言，歌詞更強調「詞」與「曲」的結合，歌必須更讓聽眾訴諸於「聽覺」，一句歌詞既要能讓聽者聽懂文字的意義，同時曲調也會加強詞的情感深淺或是哀喜悲愁。而詩則是放在閱讀的心象上面，詩的語言暗示讀者內在的心象，進而找到作者所

要表達的內涵，因而詩以意象為中心，訴諸於文字的藝術。

　　換言之，詩強調閱讀，以婉曲含蓄的意象表現，在語言上可以更加細膩精緻，而喚起更多的歧義性與解讀空間，而歌詞則訴諸於聽覺，在語言與意象上較為簡要而清晰，語言則必須配合曲調，並考慮到聽者透過音樂的節拍與起伏後，還能聽懂歌詞的意義，則文字上必須更加白話，更加簡單，更像是個人自我表白的訴說。本文以李宗盛作的〈領悟〉一曲為說明，歌詞的第一段說：

　　　　我以為我會哭

　　　　但是我沒有

　　　　我只是怔怔望著你的腳步

　　　　給你我最後的祝福

　　　　這何嘗不是一種領悟

　　　　讓我把自己看清楚

　　　　雖然那無愛的痛苦

　　　　將日日夜夜在我靈魂最深處

從第一句開始，就是直白的說明，有一個「我」，在對「你」訴說內心的想法與情感，例如「我以為我會哭／但是我沒有」，「我只是我只是怔怔望著你的腳步／給你我最後的祝福」，歌詞的寫法以一個第一人稱開始訴說自己的感受，語言直白而且組合起來如同一段簡要的文字，這很明顯不是詩的語言，也沒有分行的特別必要，分行的暗示技巧對此歌詞而言是沒有意義的。

　　沒有詩語言的簡練，也不刻意使用意象，雖然一整段也是一個畫面，但是語言鬆散而直白，「雖然那無愛的痛苦／將日日夜夜在

我靈魂最深處」，這二行更是直接說出自己的痛苦，毫不掩飾，更無意象可言。對於詩的語言來說，這是鬆散而不是詩的語言，缺乏詩意，文字上沒有特別令人驚奇之處。然而，這是歌詞而不是詩，從歌詞的角度看，前述的缺失反而是歌詞語言上的特色。

由此歸納出，歌詞是直接表達情感的語言，直接而不必透過意象或是暗示等文字技巧，較詩更加淺白、露骨、白話，如同說話的用詞，除此之外，歌詞必須譜上曲子，在文字使用上更需要避免艱深的詞語，也不宜拗口的用詞。詩要求的簡練與意象，或是曲折的文字技巧，令人驚豔的語詞創作等，在歌詞的寫作上剛好不會特別需要。

歌詞最重要的是文字與曲調的結合，使音樂結合成為有節奏有音樂性而且可歌唱的曲子，因此，語言可以隨音韻起伏，讓聽者聽到曲調的同時，不但聽到音樂的高低變化，也同時聽懂歌詞表達的情感，就此而言，歌詞比詩更加貼近大眾，更白話更普及，在情感的表現上必須比詩更強烈、擴張，情感更開放而可以不必太過含蓄，也不需要隱藏許多晦澀的意象讓讀者去猜想。

從辛曉琪的〈領悟〉來看，當初李宗盛為辛曉琪作詞作曲時，曾經告訴辛曉琪，說此歌可能不會紅，因為太難唱了，不容易普及化，這句話說明歌詞以大眾文學為走向，力求人人皆能朗朗上口為要，這是創作者的考量。然而，這首歌一推出卻讓辛曉琪一夜爆紅，似乎打破創作者李宗盛之前的推論，也讓許多人跌破眼鏡，其原因何在？

其實，當時歌唱者辛曉琪面臨愛情的挫折，這首歌正好寫出她的心聲，當她唱歌的時候，全然投入她當下的傷心情感，她第一次試唱，便將導演嚇一跳，一次就成功，因為她把自己當下受到的情

感傷害放在這首歌曲中，乃至於大大打動人心。

　　這說明一件事，歌詞的內在情感表達非常重要，貼近聽者的情感更是一首歌是否成功的重要因素，此一方面來自於歌詞本身是否可以說出聽者的心聲，再者，曲子本身的配合，以及歌唱者能否在聲音的藝術中盡其所能將情感詮釋出最佳狀態。所以，當情傷的辛曉琪把她個人情感的痛苦充分表現在歌唱中時，本以為很難唱而不太可能讓大眾接受的歌曲，竟然也打動了許多和她一樣有著情傷感受的聽眾，所以，對於歌曲而言，歌詞、曲子創作與詮釋者同時扮演重要的角色。

　　但回歸到歌詞本身是否有獨到之處？此首歌詞在意境上開展一個特有的情感觀點，這個情感的觀點就是「說出了別人想說而說不出來的話」，換言之，非常精確地說出情傷者的想法與感情。例如：

> 我以為我會報復
> 但是我沒有
> 當我看到我深愛過的男人
> 竟然像孩子一樣無助
> 這何嘗不是一種領悟
> 讓你把自己看清楚
> 被愛是奢侈的幸福
> 可惜你從來不在乎

當一個被情傷的女子本來充滿痛苦，內心的忿怒與不甘心，想要發洩在傷害她的男子身上時，她卻看到一幕：「當我看到我深愛過的

男人／竟然像孩子一樣無助」，雖然簡單使用譬喻法，而深愛的男人像孩子一樣無助，其實也沒有特別的精巧，但重點在於這情景帶給女子的是一種領悟，領悟就可以超越，超越情感的傷害，將個人從情傷中提領出來，找到解套的方法。「這何嘗不是一種領悟／讓你把自己看清楚／被愛是奢侈的幸福／可惜你從來不在乎」。因為男人的表現也讓女人發現，情感的傷害是相對的，並非只有單方面，也許緣分盡了，就是分開，沒有特別的理由必須將兩個人繼續綁在一起，看到男子無助的一幕，女子頓時得到體悟，原來，愛情也可以借由分開的痛苦進而觀照到自我內心的狀態，認識自己，並了解自己，發現自己真正想到的是什麼，這何嘗不是一種領悟。

從陷入→痛苦→領悟→超拔。這樣的情感轉折既貼切說明情傷者內心不斷的掙扎，也提示一個較為寬廣的境界，讓情感抒解並得到安慰。

這種對於情感原創的書寫，寫出情傷者的心聲，就是此首歌詞最大成功，所以歌詞的領悟，讓許多人對自己情感抱持一種貼心的領悟，從理性的領悟找到情傷解除的密碼。

所以第三段直言，情感的結束是必然也結果，女主角認為結束是好的，也是生命中一段領悟。第三段歌詞則是領悟的成果：「啊！／一段感情就此結束／啊！　一顆心眼看要荒蕪／我們的愛若是錯誤／願你我沒有白白受苦／若曾真心真意付出／就應該滿足」，如果是愛的錯誤，如果錯了就讓它結束，這些真心的付出不會白白浪費，這樣的領悟與思索讓人產生新的情感滿足而更加願意面對情傷。

在心理學上，透過「同理心」（sympathy）的作用，人們在情緒上因為「同理」而產生同情，唱者與聽者的同理共鳴，使受傷的

心因為領悟讓自己找到平靜，一方面讓心情有發抒的管道，一方面理性地自我提昇，這樣的提昇如同宗教情懷，從找到同理的心理基礎中，原諒別人也原諒自己，放下對方的愛與恨，也放下自己情感的痛苦與糾纏。雖然，情感的領悟是痛的，這種寫法，有點詩意。第四段歌詞說：

> 啊！　多麼痛的領悟
> 你曾是我的全部
> 只是我回首來時路的每一步
> 都走的好孤獨
> 啊！　多麼痛的領悟
> 你曾是我的全部
> 只願你掙脫情的枷鎖
> 愛的束縛
> 任意追逐
> 別再為愛受苦

有二段以感嘆詞出現的「啊」，歌詞是以傳唱為要，所以感嘆詞的使用是正常的，同時，還有迴環往復的節奏與音樂，就會以重複出現象同的語句或是以排比與類疊的手法，將同一類型的句子不斷強調並重複，例如「你曾是我的全部」重複二次，重複的書寫，更是歌詞譜成曲子的基本技巧。

　　詩的語言具有文學性，是文字的前衛變化與嘗試，所以強調意象與語言、詩的意境與特色，但歌詞則在於情感的充分展現，以能夠帶動引起聽者更多的共鳴為優先，文字必須更能在配上音樂時

咬字清晰並讓人聽懂，兩者在語言上各有擅長，本文透過李宗盛的〈領悟〉說明詩與歌詞的差異，寫作時必須先掌各類文體的特色才不致於混把歌詞當詩，或把詩當成歌詞，而自相矛盾，產生似是而非的文字混亂。

第二輯

詩集小論

意象跳躍的小生活與大宇宙
──論李進文的詩集《更悲觀更要》

　　李進文的詩一直都是理性的，透顯出男性詩人對於周圍生活的世界觀，他的詩在語言上的琢磨，進而展現出精緻卻不小家氣的特色，緊湊的節奏與文字間的緊密意象，使得詩人在自己的詩中世界裡自有氣度。

　　此本詩集收錄李進文自2012-2017年之間的作品，描寫的題材多為生活瑣事，在生活的細節中，詩人體會人生的新意與價值，在上班途中看到的景象，在廚房裡的飲食，在社會現象中如何自處，這些都構成詩人在生活上的種種想法，而詩人的想法則是以詩的形式包裝出現，以詩人的眼睛詩的形式表現出的個人世界觀。

　　此本詩集的五卷中，包括，卷一／脫掉穿上，卷二／鬼的事業，卷三／涉獵之歌，卷四／瀏覽時代，卷五／今天好好，可以見出詩人在此詩集中思想上的軌跡，第一卷中的脫掉穿上，寫的是生活中的小小想法，如〈些些跳痛情詩〉、〈靜得像噪音〉、〈人生〉、〈為何愛〉……等，對於生活與價值觀的看法，卷二則是從七月的鬼月書寫，熱天暑氣的燠熱是詩人聯想的起點，這卷中有好幾首詩對於天氣的描述，例如〈今日小暑〉、〈悶熱〉、〈十二月了〉一類的詩，以及對於「鬼」的詩，如〈果然女鬼〉、〈鬼的事業〉、〈鬼門關前〉等詩，最後一首詩則是〈最後一天最後一首詩

說說煙火〉，書寫的時程是一年中的下半年，從七月到十二月，每個月似乎都有一個亮點，詩人把詩寫到最後一天，放了煙火，再接著下一年。卷三／涉獵之歌，是詩人與社會碰撞後的許多的思考。卷四／瀏覽時代，詩人對時代社會的價值觀反思，例如〈國慶日〉、〈如果在冬夜，討論有錢〉、〈凍算〉、〈選情〉等，最後一卷是今天好好，收錄的是一些隨筆式的詩作，展現詩人隨性的想法。

時代推移著人的生活，在時代中人被塑造成屬於自我時代的樣子，只是創作者面對時代時，也許比一般人有更多的想法、疑問與追尋，在自問自答的理解與分析中，時代輕重與詩人的孤單雖然不同，卻也同樣在質疑著生命的意義與價值。在最後一卷中，「瀏覽時代」一詞，說的是時間快速流過，人們在瀏覽時代，然而，時代不也在瀏覽著人？人在速度越來越快的時空下像是一個黑點般來來去去，相對於過去古代的慢速，現代的變化更加令人難以捉摸，時代在速度下進行，人也在速度下前進，詩的時代，從社群的詩壇到臉書網路的詩壇，詩的讀者改變，而詩人的寫作速度與方向是否也應該改變？但方向在那裡？應該往何處去？網路時代的詩人應該是怎樣的面貌？這些都在李進文的詩集中看到他獨自摸索的影子，當然，沒有答案，應該是說每個人的答案都不一樣，然而，思考存在，疑問存在，詩人存在，詩也就存在。

在這存在的思考性問題中，李進文以詩人的身分活著，他說：「詩，讓我懂得簡單。雖然在作品中不免洩露人生的疲倦，疲倦的時候就告訴自己：回到初心吧。」[1]所以詩是詩人生活的紀錄，也是情緒的出口，是疲累時精神的安頓，是這一段生命的人與世界的

1　李進文：《更悲觀更要》（臺北：聯合文學，2017），頁269。

觀點，而在對於人生觀世界觀時，詩人其實主要表達的是在生命低落的時候，在悲觀的可能時，應該提醒自己更加樂觀，這也是作者的詩集名稱「更悲觀更要」的意義，句子似乎未完，未完的語氣後面藏著樂觀，或是快樂，或是各種可能的正面能量的字眼，換言之，更悲觀時更要樂觀，更要正面思考，更要有更強的動力以便跨出生命的下一步。

因此，詩集的最後一首詩，〈陽光今天好好，世界都在我背包〉，呼應第五卷的「今天好好」，以童言童語的口氣，把一切的社會化傾向都收回到一句簡單的「好好」，陽光好好，就足以溫暖了心田。而陽光好好的時候，世界就像在我的背包一樣，心有多大，世界就有多大。這首詩中收集了詩人到世界各地走走時寫作的旅行詩，在旅行時，詩人寫的許多觀點，最後都走向一個正面的方向，樂觀而自我鼓勵的再生力量。

從生活瑣事到世界各地的風光，此詩集除了紀錄詩人的生活之外，由小而大，體現詩人的世界觀，並將詩人對於生命的體會寫在詩中，試圖以美好的正面的力量帶給自己鼓舞，也給讀者力量。

除了詩的內容與題材的設計之外，李進文在這本詩集中，也展現其語言與意象創造上的企圖心。

在語言的創新上，詩人以物物互換，人與物互換的形象化手法，不斷進行詩中意象聯想，在這樣看似隨性的語言再造中，重新定義他的世界觀，例如，「划藍天到水面／槳木木地親水三下／比福壽螺還臉紅／水聲小鹿亂撞」[2]，此段在寫的是划槳的過程，槳劃到水面，水面上倒映著藍天，天因此被撥開的過程，但詩人站在

---

[2] 〈春畫〉，頁48。

非一般人的角度，以非一般的形容法去形容這樣的情景，一開始劃藍天到水面，就是說把水面上的藍天劃開，換個角度形容，而樂木木地親水，是擬人化，因為親水所以臉紅，水因此而心跳加速，水的聲音小鹿亂撞則是物物互換的形象化手法。

從角度變換，物物互換，詩人的世界觀是站在與一般人不一樣的角度上看世界，當我們從正常的角度欣賞世界時，詩人也許是倒著走，倒著看的。又如「烏雲像飽含心事的老狗／忠誠地疲倦著」，「身體終於填滿了色／靈魂可以引退了嗎」，「熊牽著商業，懶懶地上街／很牛的大廈腰酸背痛」，「天氣興奮潮濕／雨，／無能地垂下」，詩人在擬人法，擬物法，形象化的手法上表現得相當純熟，於是，世界萬物可以重新定義，重新找到定位。

這一類的手法在詩集中到處出現，幾乎已經成為詩人隨性隨意地玩著文字的遊戲，例如「12比11那個月多掉出一毛錢，／日曆翻身去撿，像我一樣節儉。／就快過年，／我珍惜寒風送我一身枯葉。」[3] 又如〈下午〉一詩，詩的內容很簡要，不過是在寫詩人下午讀詩的狀況，但平常普通的題材在創作上反而是不易處理的，詩人卻以許多有趣的意象堆積，讓讀詩的下午成為喧鬧紛飛的意象，其中使以門的意象為讀詩的意象系統，「木條斷句」，「起一行軟枝黃蟬」，「從綠繡眼的鳴聲到四點鐘的距離」、「有一甕天空／讀蝌蚪的字」[4]，在詩的小小一段文字中，以動物的意象，試圖讓畫面變成活潑生動的動態，用以描寫讀詩的靜態，從中可以見出作者在文字使用上的功力。

有些哲理性的句子，簡單地說明了生活的趣味，例如「春天

3　〈如果在冬夜，討論有錢〉，頁152。
4　〈下午〉，頁174。

來得像飛碟／慢慢分開最美」，「晚安以後／一個人暴風雨」。又如詩題為〈脫掉穿上〉，以脫掉穿上的動作說明日常生活中我們常常脫掉一些事物，又穿上某些東西，在脫掉與穿上之間，生活是過了，但有些價值觀也在其中變換，是好或是壞？是對或是錯？作者留下一個讓讀者自行尋找的疑團。又如前一首〈上下〉也是，在電梯上上下下中，人如何自處？〈靜得像噪音〉中透過矛盾修辭格讓噪音與安靜兩者形成緊張的對比張力，其中寫著雲端數據，顯出作者對此數據的質疑，「雲端的肥料養育纖弱的個資／終於長成大數據：／一部分是你被你自己遺棄／一部分歸納分析跟你無關的東西。」[5]所以數據像是真的，從真實的人生中而來，卻又好像是假的，與自己的生活無關，詩人在詩中透顯出他對個資到處泛濫的擔憂，而數據是否真能影響生活，或是改善人類的生活？所以，「我們只是換個方式繼續當值日生／負責擦掉你擦掉我」[6]當大家都被擦掉時，這世界就平了，而我們也都曾經出現在黑板上，有一天也終究會被擦掉。

　　詩集中還見到詩人一些意想不到的創意，令人莞爾一笑，如「七里香鬼鬼祟祟，偷聞歲月，／是天亮了。／終其一生只嚇一個人，／如果寫詩像這樣多好。」[7]寫鬼，但換個想法，如果寫詩也像鬼一樣，一生只嚇一個人，那多好，鬼的形象變成有趣的詩想，而不再是恐怖片。又如「好不容易等到每個中年拼命游回故鄉／已經一副鮪魚的模樣」[8]這看出中年肚子肥胖，突出如鮪魚肚的幽默感。

5　〈靜得像噪音〉，頁12。
6　〈同學會〉，頁105。
7　〈鬼門關前〉，頁59。
8　〈同學會〉，頁105。

長句的使用是李進文這幾年在詩語言上的大膽嘗試，他把長句寫成意象，把詩的分行寫得像散文，卻又像詩。例如〈也許應該戒煙〉一詩，幾乎是散文的句子，卻分行如詩：

> 早晨，覺得好日子就在床邊，白雲在天上遊手好閒，
> 歲月，窮得靜美。上網竟然沒看到一句抱怨。
> 打個呵欠，擠眉弄眼，
> 對鏡模仿壞人，它用好人的樣子嚇醒你。[9]

如果是詩，語言上卻過於流暢，但散文，卻不會如此分行與斷句，在詩與散文的形式間遊走，像鑽了文體的漏洞，在空隙中尋找創作的契機。最後一行說：「你勸星期六去愛星期日，光是勸就花掉創世紀裡的五天。／傍晚你抽了一根煙，人生隨便看你一眼。」[10]詩與語言與跳蕩的意象，形象化的使用讓文句的詩意充分展現，卻透過長句以及特意的標點符號，使形式上看起來像散文。

　　李進文的詩不斷嘗試語言與意象的變化，他的詩從繁複的意象系統中漸漸走向清朗，但他的清朗又不像洛夫詩中古典詩詞意象的清朗，而是語言淡了，意象卻顛覆傳統的軌跡，他的意象更加跳躍，像捉摸不定的鬼魂。而在語言上則是嘗試以長句書寫，類散文詩的形式進行他的詩的創作。這種介於散文詩與非散文詩中間的句子，顯露出詩人的功力，他必須在意象上面獨樹一格，在意義上具有個人特色，在創新上令人耳目一新，才能撐起這樣的形式結構。這樣的書寫方式從他的詩集《微意思》（2015）出版時，就見出他

9　〈也許應該戒煙〉，頁168。
10　〈也許應該戒煙〉，頁169。

對於這種介於散文與詩中間的文字的喜愛，更在這樣的形式中開展他隨性的世界觀。在此本詩集《更悲觀更要》中，他只有適度地玩著這樣的語言，在最後一卷中的〈埔里筆記〉、〈願是筆記〉、〈晚安以後〉、〈布拉格隨筆〉等詩中才以這樣的手法進行他的創作，但也因為內容如隨性的筆記，因此用此種類散文的創作手法寫詩，就顯出作者有意讓內容與形式都在隨性隨意的控制下進行。

但此種形式既不屬於散文詩的形式特點，也不是詩的常態，長句的使用在一般詩中的偶而為之，亦非詩的正統，此種開創性的形式還可已經過理論上的驗證與討論。這就像散文詩一樣，到底是散文或是詩？在形式上充滿疑慮與考慮的空間，就詩作而言，是作者的創新之舉，但就形式而言，留下許多討論的空間。

此本詩集應該是李進文相當費心的經營，無論是語言或是意象上，都在文字的使用上顯現詩人純熟的一面，而書寫的題材大都在生活中轉，從細節中見出詩人的世界觀與宇宙觀，並在詩中表達詩人的思想內涵，或是他對於社會的想法。然而，最後，詩人仍然不悲觀，他把對環境的可能的悲觀轉變方向，當悲觀時，就更要樂觀，無論詩中產生何種的看法，最後人都要在環境中生存下去，面對環境的堅強的正面的力量，這是整本詩集所要表達的正面思想。

靜寂中，有「一整座海洋的靜寂」
──評羅任玲詩集中的「時間」意義

一、豐饒其實是一種靜寂

羅任玲在2012年9月出版詩集《一整座海洋的靜寂》[1]，「寂靜」成為詩中貫穿的主題，寂靜也是洶湧奔馳的大海最後的歸向，而相對於三島由紀夫的小說《豐饒之海》的謊言之海，「名為豐饒，實則貧瘠」[2]，羅任玲的豐饒背後，顯然是一種「寂靜」，「看起來嚴重得不得了的貪嗔癡狂愛慾痛，時間過處無一不成為風乾的斷垣殘瓦，一切歸零。」[3]「就算在疾雨的海岸公路，怒張激烈的拍岸，轟轟作響的大黃蜂窩，我看到的依然是寂靜」。[4]對於羅任玲來說，外在的狂風暴雨，生死愛戀，也許不過就是一場寂靜的禪坐，老僧入定般不為所動。

寂靜，在豐饒的表象之後；時間，卻將表象歸為死與生的輪迴。對於羅任玲而言，當寂靜讓時間把一切歸於無，豐饒的是精神，貧瘠的是物質，而無論是誰是何事何物，終究在時間之中，

---

[1]　羅任玲：《一整座海洋的靜寂》（臺北：爾雅，2012）。
[2]　羅任玲：〈自序〉，《一整座海洋的靜寂》，頁.4
[3]　〈自序〉，頁6。
[4]　〈自序〉，頁6。

生命的虛無感隨之而出。「時間書寫的這部幻象之書，沒有誰是主人。」[5]在時間的流動中，美好或是醜陋，都只是一場演過的戲碼。「像我的骨骼有一天也將化為碎塵一樣。」[6]羅任玲很清楚自己寫作的主題與方向，她說：「時間，理所當然貫穿了這整本詩集。那是不同的我在其中思索探問的總合，雖然我故意打敗了它們的次序。」[7]無論怎樣的隱藏，時間總是若隱若現主宰著光陰、歲月，而人事則在其中或衰或敗，或興或亡，這是一個無法捏取的因素，在時間之下，只是思索。

二、歷史透露了詩意

「夢和記憶／抵擋了時光的曝曬」[8]，在時間的流動中，歷史與記憶是否留下些什麼？作者回想自己的童年，「被寂靜追逐的／我的童年／像風帆一樣／慢慢跑著／⋯⋯低下頭的我／只看見時間的陰影／微微　笑著」[9]回憶的童年是再也回不來的光陰，那些歷史與記憶在歲月的消亡中留存在回憶的片斷裏。〈柿子〉一詩寫得很有寓意：「搖搖晃晃。風中明月。／洩露了一點／誰的祕密。／在雪發現之前，就被光陰的玄鳥／銜走了」[10]在時間的掠奪下，柿餅上的雪色隱隱透出過去甜美的形貌，風中明月或是美好的過去，終究在光陰的嘴上被銜走了。

歷史也許是永恆的一個面貌吧，作者從古人的詩作中找到定位

---

[5]　〈自序〉，頁7。
[6]　〈自序〉，頁6。
[7]　〈自序〉，頁7。
[8]　〈垂柳〉，頁23。
[9]　〈月光廢墟〉，頁31。
[10]　〈柿子〉，頁56。

點，〈過杜甫草堂〉中感嘆：「茅屋踮起腳來／跨過深淺的悉流／時間從那裡漲起／又悄悄退去／棋子還在手裡」[11]，杜甫妻子新畫的棋子像秋天的顏色，飽滿比擬黃驪，但時間悄悄逝去，遠看是棋盤，但如今有誰還在下棋？「史也不史／亂與不亂的那一瞬間／暗夜裡寂靜拍翅飛上了青天」[12]，最後是虛空中的寂靜戰勝時間，回想過去，如今成了霧，成了塵埃。今昔之間，看似還在那裏的杜甫草堂，其實只剩下時間的塵埃，歷史的記憶，即如「搖搖頭／青絲給了白髮／白髮搖給了塵埃」[13]歷史最後留下的竟然是空氣中飄蕩的塵埃，那麼人呢？最後也不過是塵歸塵，土歸土而已。

三、時間的陰影

在時間的陰影之下，萬物成為瓦礫。羅任玲在詩中顯現的「時間感」，時間的陰影是死亡的陰影，但死亡卻弔詭地讓時間停滯，她寫外祖母死亡，「她的靈魂早就遺忘了時間，因此她的肉身也忘了衰老。」、「死亡驚動不了她。」[14]。活著的時候，時間是一個不斷減少、流動、消逝的因素，但死亡之後，時間完全失去作用。時間具有強大的力量，掃過之處無一倖免，讓事物剩下原來的面貌，然而，死亡面對時間，死亡也不再有死亡，於是時間在死亡面前，彷如成了縮小的版面。

因此，狂亂或是美好的生命最後也歸於靜寂，死亡的靜寂，瓦礫般廢墟的靜寂。所以死亡在靜寂之中，時間停止流動。羅任玲的

11　〈過杜甫草堂〉，頁57。
12　〈過杜甫草堂〉，頁58-59。
13　〈高原上的日子〉，頁66。
14　〈自序〉，頁8。

詩集中充滿對時間消逝的感嘆，許多輕聲的喟嘆成了對時間最大的抗議。

時間消逝帶給作者生與死的反思，在時間之中，生生死死是必然的階梯，時間一過，生死界線，陰陽兩隔，無論多少努力或是感傷，終究無法握住流逝的光陰。

無論是「每個人都可以得到／一小片陽光」最後也會慢慢消亡，美好的景色也是「無所臣服的／時間的風景」，最後成了「不可描摹的／一整片夏天的倒影」[15]，作者盡力留在心底的不過是夏日將盡的風景，而作者也明白捉不到時間的尾巴，風景只不過是幾抹倒影。

四、與永恆對話

時間停滯的瞬間是否就是永恆了嗎？時間與永恆像無法解開的結，矛盾的荒謬把時間的本質看得很輕，把永恆放得很重，但時間一但流逝，永恆在那裏呢？若有永恆不朽，那時間的單位又是怎樣的狀況呢？

當作者從時間的角度試圖銷融事物的變化而重新定義時，企圖使事物的短暫與永恆對比中顯現時間的意義。「那下了蠱的月啊／或許你就可以稱它作永恆」[16]「秦時明月漢時關」，經過時間的流逝，月亮還在那裏高高掛著，作者稱那被下了蠱的月也許就是永恆啊！然而，月亮不變，人事已非，舊的馬褂在時間中變得安靜，〈時間的粉末〉中寫著：「飄飛的馬褂們／不為什麼／只安靜聽著

---

[15] 〈夏日將盡的賦格〉，頁46-50。
[16] 〈高原上的日子〉，頁65。

／一個／或更多個世紀那麼久」[17]，舊馬褂失去青亮的顏色，在時間中安靜地聽著老情歌，無奈卻無法阻擋時間的粉末把新變成了舊，因為「時間的陰影佔滿整座天空／如此巨大的琴弓」[18]，誰也無可遁逃於時間的手掌之中。

所以，當詩人轉身看見自己，並思索時間與永恆時，在某種暗影中找到了新生的光芒，「朽壞的塗鴉／在暗影中／描繪意志新生的樣子」、於是「你轉身忽然就看見了自己」[19]，永恆，如一條虛線，「時間圓弧的把手／緩慢轉開陽光的孔隙／畫一條　永恆的虛線」[20]，當看見自己時，生命本質的揭露才可能找到時間的碎片，打破光陰的局限，並且略略觸及了生命的永恆與靈魂的不朽。

五、時間與詩

羅蘭・巴特以「作者已死」標舉著讀者閱讀的可行性，將文本視為可寫文本，讀者續寫著作者未說完或未處理完整的篇章，讀者或是詩的評論者具有再創作的可行性。

這篇文章，以評論的角度看來，詩的空間感中無法被說清的部分，都被時間說盡，被評論的補充語言說盡。羅任玲所認為的時間是一個無可說清也無法掌握的因素，在今與昔或是歷史的大河中，人們不可能掌握時間，這也造就歷代以來文人雅士對於時間的歌詠、感嘆、無奈與傷懷，但我們始終只能做到此處，而無可奈何。

然而，羅任玲的詩在對於時間的種種思索中，她也僅能以時間

---

[17] 〈時間的粉末〉，頁73。
[18] 〈時間的粉末〉，頁74。
[19] 〈虛線〉，頁125。
[20] 〈虛線〉，頁125。

的切割點劃分死與生的界限，而無法改變生死的變幻，所不同的在於，一般詩人感嘆的是時間的流逝，而羅任玲卻更體會到時間讓生與死畫上句點，可生可死，決定於時間，而無生無死，也因時間。時間點出生命的無常、人生的短暫，時間也突顯人類的渺小，當看見自己的時候，時間的流逝才會終止，這不免令人聯想到宗教的體悟，雖然羅任玲自己說她「沒有任何世俗定義的信仰」[21]，但是生死的問題與時間的感懷最後還是歸於生命真理的追求，在自我省察之中，找到新生的光芒，而此時，永恆是一條「虛線」，很真實，也很虛幻。

---

[21] 〈後記—致秋天〉，頁229。

禪亦頑童向你的窗前探首
——評洛夫《禪魔共舞——洛夫禪詩·超現實精品選》

　　禪思在空中捉不到線索，卻存檔在你我會意的一笑間；超現實的語言沒有規律，卻掌握詩的微言之義，向你表現精奧的詩境。洛夫寫詩，透過超現實的語言，盡情釋放胸中一股無限的想像與氣魄；而詩中靈光乍然，猶如黑暗中突現的光芒，把詩境帶到彼此會心的瞬間，那則是禪意的提昇。超現實的語言加上禪思，兩者在現實與非現實，實境與虛境之中，語言與非語言，以手指月而不是月的似是而非，是非而是的雙重特質中，找到交錯的立足點。

　　創意，像一個書寫的頑童，總愛打破既定的思維。洛夫是禪境與詩境的頑童，在語言文字中玩賞、遊戲，並將語言文字視為手中之物，自在書寫其捉摸不著的禪思，透過詩境與詩意，微妙的禪思與趣味的詩境頓然湧出。洛夫將出版的《禪魔共舞——洛夫禪詩·超現實精品選》[1]，結合的是禪與詩水乳交融的文字美境。

　　佛道之人以打坐入禪，而詩人以詩入禪，生命境界的提昇透過不同質性的進路發展。嚴羽《滄浪詩話》提到禪詩：「大抵禪道惟在妙悟，詩道亦在妙悟。」洛夫在《禪魔共舞》詩集之〈序〉中

---

[1]　洛夫：《禪魔共舞——洛夫禪詩·超現實精品選》（臺北：釀，2011）

說：「以空靈為禪詩不可或缺的一種屬性。」禪道與詩道以「妙悟」為上，而洛夫的詩則顯現其空靈，如嚴羽言：「如空中之音、相中之色、水中之月、鏡中之象，言有盡而意無窮」表現無窮之韻味。

洛夫禪詩的「禪」字有二個層次，其一，是文字語境的禪，其二，是生命境界的禪。

其一，文字語境的禪意透過超現實的語言表達，讓你我在閱讀時，超乎現實的想像，把詩意帶到似有若無而或有可悟之境，詩句中非現實意象隱隱然指向某種「味道」、「意味」，而此種意味往往藏在詩句之中，需要讀者撥開迷霧，咀嚼沉思。例如「說山中月光的皮膚如何如何冰涼／想必無人相信」、「你是傳說中的那半截蠟燭／另一半在灰燼之外」、「伸手抓起／竟是一把鳥聲」、「落葉則習慣在火中沉思」、「我在灰燼中等你」、「我走向你／走向你最後一節為我預留的空白」、「時間，一條青蛇似的／穿過我那／玻璃鑲成的肉身」、「習慣沾酒在鏡面上寫字／字跡淡去／而酒氣卻從白髮間拂拂而出」、「我的思想已乾澀成一撮頭皮屑」、「夢紛紛逃竄／掉了一地的鱗片」……，此詩句無法透過現實語境說明，或者一旦說清之後便失去詩的意味，若有所悟的詩意盎然地透過微妙的閱讀感受，方能體悟洛夫詩中表達的詩外之意。

其二，洛夫的禪意表現在整首詩中，讓詩意的透澈之悟表現詩人對於生命的體思，詩人年輕時禪意從早期〈金龍禪寺〉一詩而來，山中燈火點出的點點光芒，如同詩人心中乍然醒悟的頓悟，〈背向大海〉將詩人「眼，耳，鼻，舌，髮膚，雙手雙腳／以及受想行識／全都沒入／消滅於一陣陣深藍色的濤聲／我之不存在／正因為我已存在過了」，對於空境的體悟更表露在身體融於大地時的

寧靜安詳。〈白色之釀〉、〈水墨微笑〉、〈白色的喧囂〉、〈灰的重量〉、〈荒涼也行〉、〈雨〉等詩，淡然了世局，透澈清涼的詩人心情。〈花香〉、〈花事〉、〈鳥語〉，花鳥的心事對於禪意的洛夫而言，不是嬌豔繁華之歌頌，而有洞察世局之清澈。〈買傘無非是為了丟掉〉、〈尋〉等詩以逆向的思考，反思非相之相所帶來另類哲思。〈唐詩解構〉中十二首詩組成、〈走向王維〉、〈頓悟〉、〈浮生四題〉、〈有涯〉等詩是洛夫從古人的歷史與詩作中，繁衍出另一種可能的結局，或是對生命體悟與生命老去的感嘆。

年歲漸長，禪意的內容漸融入生命的體悟，世事漸淡，只留詩趣，生命的禪意融於文字，更有老僧之趣。禪意的生命觀照融於詩中，洛夫寫出對世事淡然的態度與內在寧靜的境界。

高齡的洛夫，禪詩的意境卻不讓人感到蒼老，也不以生命枯乾，拋棄紅塵的出世之想引入禪境，卻像頑童般玩起詩句，讓詩句臣服在帶著趣味與驚奇的禪味中，從頓悟與精微的暗示裏充滿濃厚的詩味，於是，閱讀者並未因禪而死氣沉沉，卻因超現實的詩道悟境而更享受閱讀的樂趣。讀洛夫的詩，有種捨不得讀完，不肯讀完的矛盾情結，未讀詩集，期待驚奇，讀著詩句，一再驚奇，再讀詩句，卻遲遲不想往下讀，怕思想的記憶滑過所有詩句之後，將有一段歲月的等待，這等待對讀者而言，有如腹飢而渴望飲食，形成不能滿足的永恆期待。

心，都付予了旅程
──序方群《經與緯的夢想》

　　夢想登上頂峰的時候，旅程是詩人的高山。旅行的開端是詩人身心移動的起點，是回首、盼望、相思、期待的心情小窩，因為旅行，所以釋放了情感，暫時擺脫生活的壓力，詩人以旅行尋找自我，以旅行安放身心，以旅行張開友誼的雙手，在旅行中，經歷了異鄉異物，心情有所感有所思之後，終究回到故鄉。

　　所謂的「旅行詩」，簡言之，是創作者在旅行中依照所見所聞為素材所寫的詩。但是，旅行文學或旅行詩之所以稱之為「文學」而有別於旅遊手冊，是因為文學作品有著最核心的因素──「人」，人與景物的接觸、激盪、碰撞、交流或融合時所產生的情感意念的火花，創作出旅行者自我而獨特的文學作品，這是旅行文學的精神，也是創作者透過旅行而書寫的價值所在。因此，相同的事物在不同人的心目中會有不同的呈現，「人」在「景物」中的喜、怒、哀、樂、悲、嘆等情感或是哲思，成為旅行文學中景與人相互輝映的兩大主軸。

　　一般而言，旅行者敘述旅遊過程的心境或是景物，大都以散文為主要文類，而旅行詩的寫作在前行代詩人如鄭愁予、洛夫、岩上等人的詩集中，都以一輯或是數篇為要，但方群卻以書寫一整本以旅行為題材的「旅行詩」詩集，以旅行為主題的特定書寫，將所有

旅行的詩全部集中在一本詩集裏，並且不擔心閱讀者因同類題材而失去閱讀興趣，方群可說是有意的規劃與創作了此本詩集，同時將旅行視為他的「夢想」，我想，夢想與地域的轉移，無疑都是他心中存在的渴望與實踐吧！

人在異鄉的時候，也許心就成為了思鄉的跳動。人們不斷在地面上平行移動，靠著景物的變換而生發出許多不同於原本既定的情感軌道，這大概是交通發達的現代人用以轉換心情、調整壓力的優勢，而方群在旅行移動的過程中不忘記寫詩的情懷，在悠閒的或匆匆行程中還記得拾起一方文字的天地，造就一本詩集的完成，這可說是詩人的用心用功之處了。如此一來，旅行變得有它特有的意義，旅行不再只是吃喝玩樂，走馬看花，旅行變成知性與感性的雙重目的，當詩遇見了風景時，詩與風景就成為最佳的伙伴；當詩人愛上了旅行，旅行詩就成為他心境的記錄。

「人」是所有文學的重心，人在異鄉時，也許是人也許是故鄉也許是隨機而起的愁緒，那些情與事都付諸於美好的存在，〈玉泉洞──琉球紀行之三〉說：「來來往往的目光，持續／湧出讚嘆的驚呼／在情感的靜謐伏流中／我們期待一次生命的永恆凝結」。景物給予生命的讚嘆與驚呼，讓心情拉開自我的距離，讓詩人期待著生命的永恆，在物我合一的情感之中。

當人遇到遠山遠景時，他說：「而，人在山中／山在雲外／冷風掠過結霜的心頭／凝視著等待已久的偶然一瞥」（〈中國寡婦山──沙巴紀行之一〉），雲內有山，山中有人；人與天地之間傳說著隱然的祕密。在冷風劃過心頭時，似乎某種天地的震撼搖動了內在結霜的心，詩人的心頭一動，等待那偶然的一瞥。無非是天地對人的啟發，啟動的是無可言說的震顫，那些偉大的景物，總是暗示

著生命的渺小而試圖對於小小的人生有所啟發，但渺小的人類在壯闊的天地之中，不免也謙卑起來了。

旅行中學習謙卑，試著將自我融入當地生活，擴大心胸的時候，詩人俏皮地來一段物我合一的遊戲，看著一生都被關在園中的無尾熊，試著從無尾熊的角度設想無尾熊的心情：〈彷彿都是黑夜──致無尾熊〉：「沒有牽掛的我，遺忘／世界的加速度／獨自品嚐／這緩慢進化的酸甜滋味」，人與物的悲憫之心起源於人對物的關懷，當人假想自己可能是動物時，模擬動物的心情足以讓人站在另一個角度觀看世界。心，在角色互換中，悲憫之心增加時，世界就變大了。

旅行途中總有著困難與考驗，〈途次法蘭克福──轉機耽誤有感〉：「我在忙碌奔走的呼吸聲中／尋找一杯額外延伸的日耳曼式咖啡／濃稠如夜／卻難以下嚥」，轉機時間被耽誤時最是令人感到難熬，像一杯日耳曼式咖啡，濃稠而難以下嚥，不知道日耳曼咖啡是否真的難以入口？只知道詩人用雙關暗示夜深人靜，黑暗的深沉與咖啡的濃稠讓心情輕鬆不起來。旅行，就像人的一生，總是會遇到困境與考驗，轉機不順或是路上偶發狀況，身體微恙或是行李耽擱，順境與困境同樣考驗心情的起落與修養的高低，冷靜或理性的面對，培養出旅行者內在堅韌的適應力，每通過考驗平安歸來時，是再一次面對自我孤獨與突破心理孤單的過程。

歷史與記憶在古老的城市中特別容易引起共鳴，「用代幣兌換歲月／用點數儲存記憶」（〈獅城印象〉），歲月與記憶像是交握的雙手，時間的流逝與記憶的積累像是代幣與點數，代幣換來歲月而點數儲存記憶，詩人用現代化的語詞書寫古老的歷史歲月與記憶。而這些從歷史裏走來的城市仍在眼前招手，「從歷史的邊緣走

來／昔日的光景複寫那段襤褸的歲月／在應該陌生的熟悉都市／濃稠的鄉音迴盪鬆弛的耳膜」（〈舊金山紀行・中國城〉），昔日的光景與現代的城市交會成新舊交融的景象，鄉音迴盪在耳邊，看似熟悉的都市景觀卻藏在西方世界中的一隅，東西方交錯與現代古代交會的時空，錯亂的感覺彷如攫住詩人的心境，讓人產生錯落的時空感受。

回到東方，詩人也在中國到處旅行，〈瀋陽三品〉：「遼闊的歷史長卷／只在睡夢之間／收藏　瀏覽」，〈北京小品四首・之一舊鼓樓大街〉：「沉默的篝火／敲醒晨昏的腳步／依序／燒烤四季」。〈在故宮〉：「總有些愛打盹的歷史／靠在任何一個角落都可以睡著」、「琉璃瓦的顏色已漸漸褪去／碎裂的青石磚敲不響威嚴的儀仗／我在故宮，順著陽光的視野巡行／聆聽王朝最後的回音……」。故宮是歷史最佳的代言人，是逝去的王朝卻還活生生展出在現代的化石，站在這裏，彷彿聽過過去也看見歷史。

北京大概是方群常去的城市，在那裡，他參加研討會、主持、發表、講評論文、他的學生在北京就讀、他的友人在北京，他是學者也是詩人。這裏的歷史厚重，顯然有著它沉靜的智慧，歷史雖然打盹，卻好像半閉著眼睛看著來來往往的世人，雖然青瓦不青，琉璃不再，當方群在故宮望著夕陽時，旅人的心情不自覺被歷史的回音敲響許多思緒、幾許感慨，而詩意就這樣一條一條流成野地的河水，成就這一篇篇美好的章節。

當人離開故鄉時，才會想念故鄉，人們在異地時思念故鄉，在故鄉時卻又想要離開舊地前往新鮮的地方尋玩，「路燈昏黃的異鄉港都／起伏的浪濤來回，拍擊／探測著思念的游移座標」（〈夜航那霸──琉球紀行之一〉），思念總在分手後開始，人對景物地理

也往往有如此的心情，他思念的起點在異鄉的港都，當他看見拍打的浪濤時，想起遠在家鄉的家人（或其他）；思念在游移，也因為人的孤單而思念著熟稔的故人，然而，人卻是捉摸不定的，在日本的北海道時，他寫道：「而冷冽的結晶／卻滿山遍野地，飄來／你虛無的承諾」（〈北海道系列三首之（三）宿登別溫泉晨起又見飄雪〉），冷冽的雪意是詩人淡淡地一層落寞。

　　有時，離開故鄉才見會到他的渴望、他的孤單，〈七夕過呼和浩特──望半月自嘲聊成戲作〉：「在不同的城市我們度過相同的七夕／繼續交流不同的對象和感情／微笑向電視點頭對手機訴說／明天，妳是否依然○我」，微笑地面對手機那頭的聲音，問道明天妳是否依然「○」我？「○」是愛？是恨？詩人留下很多空間，也許線的那頭是虛擬的你，或許是真實的你，但寫入詩中時，對象已經不太重要了，七夕情人節易使人動情感傷，在不同的城市中，詩意總是飛起無形的翅膀，把節日情感與人聯結在一塊，詩人「自嘲聊成戲作」的一首詩中，是否也透露出詩人浪漫的一刻？在理性的面具下溫柔的渴望？於是，詩人旅行的過程中，偶而也有這樣的思索，〈在內灣〉：「穿過陣雨間隙的微笑閒說／把鐵軌鋪向遠方窄窄的村落／在內灣，我沿著街道徘徊／想像某種愛情變質的因果」，軌道的相會或是交錯，也或許是兩條永遠沒有交集的平行線，愛情的始與終，甜味或者終於變味？誰也不知道。詩人從鐵軌的交會聯想到愛情的種種可能，從文學的意象變成了哲學的思考。

　　「方群」是屬於詩人的符號，「林于弘」則是學者的標誌，遊走在創作者與研究者之間的角色變換，方群總是在嬉笑之間，冷靜寬厚，往往是席間的開心果，他總是能以幽默的語詞換來眾人歡樂，拉近在座者的距離，有他在的地方，總是有笑聲。但他個人

的、私密的心情與夢想，則是悄悄在詩句間流露，他不斷旅行，航行的里程可能是我們難以想像地多，也許早已繞了地球幾圈，又回到家鄉，把他的心情寄予旅行中的景物與人情。他不斷寫詩，用詩記錄他的旅程，他的心情、感懷，對生命、歷史，現在、過去與未來的種種想法。也許他也想在旅行的軌跡中留下一些紀念，以回應自己曾經走過的路途，同時也展望著未來，推進自我向前的步伐。

　　若干日子以前，我看到方群發表一系列的有關旅行的詩篇時，內心就偷偷藏著一個想法：他該不會想出一本以旅行為專題的詩集吧？曾經問過他時，他笑而不答，顯然暗示著我的想法接近可能的事實。接到他希望我為此本詩集寫序時，證明當時所想為真，只是他竟在短短的時間內便將詩匯而成集，實在令人佩服他的勤奮與努力。《經與緯的夢想》詩集出版是方群的既定計畫，更是他這些年來走遍大江南北、東方西方的所見所聞及心境轉換，我想，旅行與詩，是方群用來記錄他生命中曾經的風景並標記著他一方美夢的重要角色吧！

遊戲、動盪與沉思
——評臧棣的詩集《騎手與豆漿》

　　2015年由北京作家出版社出版的詩集《騎手與豆漿》，這是一本製作非常精美的詩集，收錄臧棣從1991到2014年的詩作精華。臧棣，1964年出生於北京，現為北京大學教授，出版詩集《燕國紀事》等8本，獲獎無數，曾被評為中國當代十大傑出青年詩人、1979-2005中國十大先鋒詩人、中國十大新銳詩歌批評家、當代十大新銳詩人等。

　　臧棣的詩歌語言在想像的擴張與語言的張力上表現極大的吸引力，詩中飛揚的語言與奔放的意念形成臧棣詩的風格，讀者在閱讀時必須緊張地跟著他的意念奔跑，而產生極大的樂趣與刺激。每一次的挑戰與推想中，不斷撐張開更大的閱讀界限與想像，如同把語言的可能性如拉弓般推到極點然後射出最精準的靶心。

　　他的詩，就像一陣風，看似有形卻是無形，你感受到詩的存在，有冷有熱有情感有重量，伸手一捉，卻不見了。詩句從眼前溜走。詩在你想要緊緊找到它的意涵時，它便輕得毫無重量，如風般，走了。

　　這就是我在解讀他的詩集時常有的樂趣與感受。不斷跟在意象後面試圖尋找詩的意涵如同獵物般的刺激，像在文字的叢林中試圖射中某隻既已等在那裡卻彷如隨時會消失的獵物。無論如何，它在

那裡，招著手要你前進，舉起弓，射向它。

　　臧棣的詩取材自平常的事物，卻把意義擴大為哲學的思考。例如，〈豆腐已用深淵煮過協會〉：「帶毛的皮剝掉後，深淵的深／確實有點驚人，但還是沒有深過／用深淵煮過的豆腐」、「品嘗之後，我消失在我的身體裡」、「每一個消失都是對新的並列發出的邀請／我喜歡這樣的並列，深淵和豆腐。」[1]詩人的深淵在「你李」的消失後形成，彼此的消失是生命的缺口，生活中同時存在著平凡與痛苦。

　　詩人寫生活細節，寫煮黃瓜，煮豆腐，也寫他照顧過的植物與動物，包括兩株冬瓜、蝸牛、喜鵲、麻雀、石頭、蛇瓜、螞蟻等，〈山竹協會〉中說：「五指山下，已輪番過幾次／敲起來硬梆梆的國王們／還是從熱帶的枝條上敗下陣來」[2]，這是寫山竹硬梆梆的外貌，「它的心就有幾顆：每顆都很乳白」寫山竹內在的果實，「我們吃掉它，水果皇后失蹤了；／而我們的面孔彷彿還和以前一樣無辜」。外硬內軟的山竹無意與我們競爭誰是心靈的顏色，詩人就以最無辜的表情吃掉這些硬或軟的一切，世界就歸零了。

　　詩的譬喻可以看出詩人的寫作功力。例如「因為是大霧天，太陽／看上去像鯨魚的胃。」[3]他說我的雙手：「帶著蒼白的紋路，它們像時間的洞穴裡的爬行動物」[4]，又說：「天氣預報說，太陽像一條魷魚／正朝你頭頂上發亮的雲海遊過來」[5]，臧棣把自然界的萬物融通為一體，自然物與萬物可以在形態與性質的相似上聯成

---

[1]　臧棣：《騎手和豆漿》（北京：作家出版社，2015），頁270。
[2]　〈山竹協會〉，頁284。
[3]　〈二月的校園〉，頁180。
[4]　〈盲彈叢書〉，頁216。
[5]　〈能見度叢書〉，頁223。

一物，使意象的聯結在譬喻上有著更多的可能性。

　　臧棣身為詩評家，對於西方文學理論的熟悉對他的創作仍有著影響，他的詩語言有時後會在語言的解構中尋找新的平衡，如「心跳的意思是，你能感覺到／秋刀魚穿過烏鴉的信仰的胃口時／擺過幾次尾巴嗎？」[6]心跳的意義，是秋刀魚穿過烏鴉的信仰，那是無意義的卻必然有著規律的意義。但心跳的規律是什麼嗎？例如存在主義的理論背景，他會寫出這樣的詩句：「我潛伏我，就好像這些飄雪／已澈底將我身上的某個東西說服。」[7]我與我的對話在有／無之間，或存在／虛無中尋找詩句的結局。

　　創作走在理論之前，但理論對創作也會提供前衛與差異的思考，詩人的語言是自我的挑戰，創造從這一峰到另一個山峰跳躍的可能，並在其中找到一方降落傘，最終穩穩地降落地面而毫髮無損。破界一直是一種創造的路線之一。

　　打破語言本身既有的思維邏輯而賦予新的語言，詩中的語言並非是線性的，例如，「萬象如同傳票。所以大小從來就不是／一個很深的問題。更新鮮的是，聲響越來越真切──／不多不少，一萬頭大象正在走出烏雲的睡眠」[8]當聲響的意象出現時，讀者被引導到對於聲音的想像或期待時，詩句一轉為視覺意象，萬頭大象的陣仗與烏雲的睡眠，一動一靜中強調動態的巨響。詩句的意象跳躍與奇特的展現，在原來可能的意象發展線上突然岔出枝節，從規則的破壞中尋找新的成長路徑。

　　他在書中寫著：「與其說寫詩需要靈感，不如說寫詩需要危

---

[6]　〈能見度叢書〉，頁222。
[7]　〈我潛伏我叢書〉，頁225。
[8]　〈萬象叢書〉，224。

險的靈感。」、又說：「我們需要的詩是從語言的好奇心開始的詩。」然後他提出一個驚異的言論，他說：「人們喜歡談論海子的天才，卻很少能驚覺到，海子真正了不起的地方就是，他在自殺之前已親手謀殺了一個天才的海子。」臧棣的言論看起來好像充滿著語不驚人死不休的膽氣，其實深究其詩歌的美學，在於他將詩的語言看得非常重要，並且認為詩人必須不斷挑戰未來，顛覆過去，否定曾經，然後在詩的道路上不斷找尋新的目標，而這語言的目標卻不是舊有的語言習慣，而是新的可能意涵與意象。

看臧棣的詩，要有很大的接受語言的彈性空間，挑戰意象的跳躍以及隨時準備接受詩人從遠方丟過來的長球，並試圖緊緊地握住球的意涵，這也是我在閱讀臧棣的詩歌時，產生的極大的趣味性與閱讀覺受。

第三輯

聚焦一首詩

一個男人的失眠狂想
──評析李進文〈我的失眠，你不瞭解〉一詩

　　深夜裏的對話，來自何方？是夢與自我，自己與自己，或者是自己與他人的喃喃細語（包括情人、戀人、夫妻、網友、小孩？）深切渴望睡眠卻找不到夢鄉時的痛苦掙扎，被詩人把失眠的心事寫在文字裏，記錄著內心世界他人不能明白的煩憂。李進文寫失眠的詩，取名為〈我的失眠，你不瞭解〉，也許渴望被瞭解而無法被瞭解的無奈，也許是一種無法言說的心事，透過聯想把失眠的空間拉成更廣大的時空，在詩的文字裏迴響。

　　詩人李進文，於1965年出生於臺灣高雄，曾任編輯、記者，從事數位內容、創意、多媒體工作，多次獲時報文學獎、聯合報文學獎、中央日報文學獎、臺北文學獎、臺灣文學獎、林榮三文學獎新詩首獎、2006年度詩人獎等。著有詩集《更悲觀更要》、《微意思》、《靜到突然》、《一枚西班牙錢幣的自助旅行》、《不可能；可能》、《長得像夏卡爾的光》、《除了野薑花，沒人在家》、散文集《蘋果香的眼睛》、《如果MSN是詩，E-mail是散文》；圖文詩集《油菜花寫信》，動畫童詩繪本《騎鵝歷險記》，編有《Dear Epoch─創世紀詩選1994-2004》。

　　在詩的路上，除了得獎，李進文還不斷出詩集、散文集，展現他強大的創作欲望及企圖心。早期李進文的詩作圍繞在文字的極度

凝練中，讓意象相互跨界並雜糅在一起，形成意象交錯複雜並莫測高深的語境，特別是他的詩〈一枚西班牙錢幣的自助旅行〉得到第十九屆時報文學獎評審獎，讓李進文的作品在詩壇上綻放耀眼的光芒，李進文的詩作語言以多重交會的意象，不斷連接不同意象，使讀者的閱讀門檻拉高到必須經過解讀分析才可能略為窺探詩中意涵的程度，許多讀者往往信誓旦旦挑戰著李進文的詩，卻也挫敗於山腰，無法真正進入詩境，原因不外是語言的深刻凝練與濃縮，阻礙了詩的閱讀。

　　但可喜的是，觀察李進文詩集出版歷程，一部一部出版的詩集記錄著語言形式的改變，直到2010年寶瓶文化出版《靜到突然》詩集在網路書店賣到缺貨之後，讀者也許才驚覺到李進文詩風的極度改觀，詩的語言被稀釋成接近散文化的程度，並在散化語言中，簡要的語句描繪的詩的意境與內涵，此種風格的轉變使得李進文的詩風變得輕鬆，悠閒而自得。淡淡的語言，偶而淺淺的傷感，在生活瑣事窮極無聊中找到有點樂子的詩意，李進文的詩風走入平民的閱讀。在李進文最近詩集中，舉一詩為分析，其詩〈我的失眠，你不瞭解〉：

　　　　我的睡姿經常皺成一團
　　　　翻身才發現我抱住的世界不怎麼愛我
　　　　我的思考一躺下瞬間凹陷
　　　　枕頭內包藏的羽類
　　　　碰見壓力就驚飛

　　　　歲數一旦入夜，悄悄變成爬蟲類

我的房間被鐘點注釋到很累
種一句長長的孤煙搖曳在荒原，默念
就失眠
奢望有詩澆我好山好水，我會好好睡
管他現在是夏天裡的冬天哪個月

月光睡得少並不影響肌膚光澤
夢根本不睡，照樣瘋得像小鬼
全世界的牀都被我吵醒真抱歉
我的失眠你不瞭解

你不瞭解
往事從天涯海角趕來，在深深的深夜
深刻地坐下來
時鐘的針臂指向月亮：看！玉兔玉兔
圍著圈圈跳啊跳
搗著安眠藥。無效……

因為我心喧囂。螞蟻的小腳，文靜
秀氣地行過我的神經
棉被含恨，恨不能將單薄的人生蓋暖
我很快地把自己的影子吃完
預備再戰一張牀

我的失眠方式感傷；偶然也有快活

然而睡前的溫牛奶救不了我

冗長的蒙田加一部波赫士加一匙熱可可

救不了我（我──不想被救了）

若是依舊輾轉反側

教甜甜圈性感地咬一口普魯斯特

結果，回憶更加飢渴

每個深深的深夜都要追尋一點點快樂

儘管，每一行詩再壞都比我睡得好

夜色旋轉橄欖色，睡不著

獨自舞蹈

旋即，靜止！──我展開成一株植物

我學會以疲倦的身體照顧不睡的靈魂

每一個身體都會找到自己的呼吸

每一秒睡意，就是一條美人魚

自月光中高高躍起

我的失眠住在海底，你不瞭解沒關係

失眠是一個老題材，但老題材需要的是新的創意，作者把失眠定義為非常個人的事件，從題目很瀟灑地說我的失眠你不瞭解，最後說「我的失眠住在海底，你不瞭解沒關係」，不能被瞭解的失眠原因、狀態、方法，或是結果，都是詩人獨自佔有失眠的苦與樂，但如果可以瞭解豈不更好？但這終究是奢侈的想法。此種想要被瞭解

又無法被瞭解的想法貫串整首詩。

詩境的隨意聯想，因為失眠而讓詩意飄蕩，為創意的聯想製造想像的空間，當睡姿皺成一團時，描寫一個人身子弓起，側睡著，而輾轉翻騰在床鋪上，睡不著的時候，腦中開始聯想，歲數如爬蟲類，緩慢但漸漸向前，房間中的鐘不間斷地走著，像生命走得好累，想睡的時候卻睡不著的疲累，孤獨的長煙在荒野裏，是睡不著的詩人的孤單，全世界都睡了，而孤獨啃著一個不肯安眠的靈魂。

第三段的意象是跳動的鮮明而活潑，聯想出月光的顏色依然不變，換句話說像是無眠並不影響著肌膚光澤、夢像小鬼吵翻天，小鬼吵翻了全世界的床，也許旁邊的枕邊人已經被吵醒，但詩人還是堅持著失眠的理由是無人可理解的。而往事從遙遠的記憶中奔來，深深影響著詩人的內心，那些過往的月光、記憶，那些搗藥的玉兔，存在於過去，不是現在。往事越想越睡不著了。失眠藥無效。

詩人聯想失眠時的內心世界就像小螞蟻在爬，一點點癢而又不是很癢，但弄得你心中搔癢難耐，心中喧囂如同螞蟻爬過，詩中用「秀氣」一詞，但越是秀氣爬過神經，細微的感受就更令人難以忍受。詩人又氣又恨，把我與物的情感轉移，說成是棉被含恨，此種恨意被延伸成人生的恨，棉被蓋不暖的人生，這是一種生命的飲恨。所以縱使把自己的影子吃掉，把那個延伸出來的自我消滅掉，還是預備換一張床，試試睡眠的可能。

詩人在睡前喝下的牛奶、蒙田的思想、波嚇士的文字，反而可能是詩人無法睡著的原因，內心過度的想法翻騰與紛擾，這些救不了他的文字，其實也是不想被救，有時在感傷與快樂之間尋找平衡，才是詩人暫時得到心靈平靜的瞬間。所以縱使讀的是普魯斯特的小說，回憶更加深切而無法忘懷。最後詩人終於承認，睡不著的

原因是腦中盤旋過度的文字，這些文字帶給他一點快樂與興奮，文字可以停留在原來的書扉上，閱讀的人卻因為這些文字再也睡不著了。

夜色已深，詩人如一株植物，停止浮動不安，雖然靈魂清醒著，詩人再度試以疲倦的身體入眠，透過美人魚般浪漫的睡意，那些潛意識裏如住在深海裏的睡意，終於高高躍起，睡眠開始，失眠的時候，只有詩人自己瞭解。

詩的聯想空間無法預設立場，隨著作者任意東西的思緒找到每一個安放的意象，上天下地、鳥獸蟲鳴，都可能成為詩作的意象來源，而此詩中以螞蟻的動態、小鬼的瘋亂形容睡不著時的翻來覆去，把詩的意象帶入活潑的情意中。而散文化的語句、喃喃自語的語氣與節奏，把深夜睡不著卻不能太大聲嚷嚷的情境寫得符合當下情景，腦中過度的活躍與深夜必須輕聲細語、動作不能太大的約束，形成內在動蕩紛亂，外在寧靜平和的對比，而此對比更加強化詩的張力，那種恨不得睡又睡不著的矛盾情結，透過詩的動與靜的意象交錯，躍然紙上。

散化的詩句拉近詩人與讀者之間的閱讀距離，現代詩的創作從前行代詩人強調的凝練語言，到後現代詩作的實驗，以及現代讀者的品味轉折中，我們看到詩人詩的語言逐漸放鬆，以接近讀者閱讀的可能性。

白鷺鷥的心事
──零雨〈非人〉一詩中的女性角色思考

　　一個未完成的旅程，透過火車的行進，繼續著。零雨的詩來自火車的靈感，也從上車下車及行進的過程中，接續創作動力，楊小濱稱：「零雨的詩由此可以讀作是以某種堅持期待而拒絕抵達的樣式來不斷表達的動力。」（2010/11/12聯合報）透過火車意象的動態，時空行進與詩的創作交錯進行。

　　零雨，本名王美琴，生於1950年，臺灣省臺北縣人。臺大中文系畢業，美國威斯康辛大學東亞文學碩士。曾任《國文天地》副總編輯、《現代詩》主編、現任教於宜蘭大學。著有《城的連作》（現代詩季刊社，1990）、《消失在地圖上的名字》（時報出版公司，1992）、《特技家族》（現代詩季刊社，1996）、《木冬詠歌集》（自印，1999）、《關於故鄉的一些計算》（自印，2006）、《我正前往你》（唐山，2010）等詩集。

　　零雨在1996年出版《特技家族》詩集以來，書寫詩作〈鐵道連作〉六首，大量使用鐵道的意象，之後的《木冬詠歌集》、《我正前往你》等詩集延續火車意象的相關書寫。這些與火車相關的書寫大都由於詩人長年往返於宜蘭與臺北之間搭乘火車的經驗，詩人在車上的往返，任由思緒天馬行空地找到寫詩的題材與創作的動力。同時，也因為這樣的來往，詩中的空間移動意象，轉換，以及旅客

上車下車的上上下下的移動方向，起點終點的細微思考，往往形成詩中寫作的啟發，並且在創作思緒的流動中時而插入此種「移動」的現象與畫面，空間的流動引入時間的交錯，形成零雨的詩在「交錯的流動」中，呈現特有空間書寫。

2010年，零雨出版最近一本詩集《我正前往你》，除了延續詩人在鐵道相關的創作主題之外，許多對於女子與社會、女人與家庭之間的描述，也形成詩人身為女性的特有心情。例如〈我正前往你〉、〈帶母親離家出走〉、〈姊姊1〉、〈姊姊2〉、〈非人〉……等詩，從女性的角度觀察女人與家人之間的關係立場，對家人的親情、感懷與關係的思索等。其中一首詩，面對女人與男人之間的感情，零雨用哲學的辯證邏輯，提出女性應該有獨立自主而自在飛翔的空間，詩中以隱喻的書寫討論女性的議題，其詩〈非人〉錄於下：

　　1
　　這位女士
　　什麼叫所托非人
　　什麼叫仰賴終身

　　我的身體有一個祕密
　　客廳。臥室。景觀窗

　　廣場。一座私人教堂
　　一個自己的教皇。一架宇宙
　　飛行器。我的帝國廣袤

星星由我安放

2

這位女士你為什麼不
承認你嫁的不是人
你也不是人
（如此就抵消了所謂仰賴
所謂終身的問題）

你為什麼不。把虛實
互換。在這車上。閉上嘴
睡個午覺

我剛從田野的濕地帶回
一隻鷺鷥──
你看牠歷經風霜
（沒有穿衣服──
也毫髮無傷）

一群同伴此時像一堆白色
野花在綠色母親懷裏
憩息

3

然後我讓牠歸隊。蹲伏

在母親面前

（──隱匿了牠獨立的

腳趾）

牠的美妙。在於飛翔。隨時

展示牠的平衡力──在於

靜止。於一處變動的田野

4

你為什麼不。從夢裏進入

故鄉。更真實的你。就會在

下一站上車──

白色

沾著露氣。新的羽毛

翅膀

已然長成[1]

一、女性、婚姻與家庭

　　此詩探索女性「遇人不淑」的概念，當傳統女性步入婚姻時，
終身的寄托似乎來自此男子，如果所托非人而無法仰賴終身時，這
一個婚姻的枷鎖將成為女子終身的痛苦，同時，對於身為女性的不

---

[1]　零雨：《我正前往你》（臺北：唐山，2010），頁129-131。

斷掙扎與反思。詩人一開始用不像詩而如同淺白到幾乎成為敗筆的語句，強烈質疑的是「非人」的概念，所托非人時，那個被托之人已然不是人（非人），而這個託付終身的女子也已然不是一個擁有完整的「人」的種種的人了（非人）。「非人」來自失敗的、無法契合的兩方，皆敗於婚姻的陷阱。由此哲思，雖從女子角度書寫實也關照到男女雙方。

第二段：「這位女士你為什麼不／承認你嫁的不是人／你也不是人／（如此就抵消了所謂仰賴／所謂終身的問題）」。詩人將哲學的辯證分別在第一段與第二段辯論之，將意象放在哲思的後面，以抵消詩句過度思辨的語言造成的語句粗糙的問題，此當然也是詩的技巧之一。

這首詩在對「你」（女士）的對話中，有四段的結構轉折，第一段直接問話，「這位女士／什麼叫所托非人／什麼叫仰賴終身」。第二段的「你為什麼不」問女士，應該勇於承認自己的所托非人，而自己在這種婚姻下也已然不是一個完整的人。第三段「然後我讓牠歸隊。蹲伏／在母親面前／（──隱匿了牠獨立的／腳趾）」以鷺鷥歸隊，回到母親的懷抱代表著受傷的心終將回到母性的溫柔與關懷中，方能找到一處棲息的角落，而歸於母性的療傷之時，終於必須放棄獨立的腳趾，暫時性地回到群體的心理意識。第四段則是在安撫受傷的心之後，「你為什麼不。從夢裏進入／故鄉。更真實的你。就會在／下一站上車──」母性的回歸，終將回到最初的故鄉，雖然現實中無法回到過去，無法解除婚姻的枷鎖，從夢中也可以回到故鄉，在生命的火車起站中，找到真實的自己。

此詩從四段結構中，所托非人的女子，可以有解套的方法，回到原點、母性的自療、故鄉，並學會找到真實的自我，才能解開婚

姻的枷鎖，女性與婚姻的哲學辨證，轉折與變化，已然從問到答的過程達到完美的結局。然則，詩人用的是問句：「你為什麼不」，則意味則女性在面對婚姻時的掙扎，並不能斷然決然地放下所有的一切回歸真實的自我，理性的思考明白問題的所在與方法的解決，但是離真正的放下卻還很遠。所以詩中對於女性那種既想放下而又未能放下的心境，找到一些微妙的切入點，在理性與感性或者是現實與夢中的細微深思，才是女性在面對婚姻時無法全然灑脫的關鍵點。

二、鷺鷥意象與女性特質

「一行白鷺上青天」杜甫的〈絕句〉一詩中白色的鷺鷥與藍色天空的對照，畫面透過顏色對比，體現美感的色調。鷺鷥，別名小白鷺、白翎鷥，體長約58公分，羽毛白色，多活動於湖沼、岸邊、水邊、田間、泥灘等地，以水中小魚、甲殼動物、昆蟲為生，多生活於長江以南各地。

鷺鷥飛在天邊的景象給予人們綠田青山與白色飛翔的寧靜畫面，鄉間的，田野的，而非城市的。鷺鷥會群體聚集，有時也會個別覓食，既具有個別性也能與群體共處。鷺鷥的意象一方面是詩人在宜蘭地區的田間景象，代表田野的氣息，另一方面也用來說明女性屬於鄉間的而且充滿韌性的生命力。

詩中的鷺鷥意象，出現在第二大段中，當詩人的哲思，進入女性「承認」自己所嫁非人，面對現實，以虛實互換，在火車中睡個午覺，做為轉折，之後，詩句出現「鷺鷥」的意象：「我剛從田野的濕地帶回／一隻鷺鷥──／你看牠歷經風霜／（沒有穿衣服──

／也毫髮無傷）／一群同伴此時像一堆白色／野花在綠色母親懷裏／憩息」。從田野的濕地帶回的是一隻經過田野洗禮的鷺鷥，經過風霜而且沒有遮風避雨的衣服，卻毫髮無傷，具有田野的生存韌性，而鷺鷥的同伴們在綠色的田野如同母親的懷抱中憩息，相對於這隻經歷風霜的鷺鷥而言，這隻鷺鷥不但堅強而且還能進入人類的群體生活中。

第三段承上段的情節而來，「然後我讓牠歸隊。蹲伏／在母親面前／（──隱匿了牠獨立的／腳趾）」鷺鷥終究回到群體，回到田野間綠色母親的懷抱，可是它與其他的鳥兒不同，在於「獨立的腳趾」，但這份獨立是無法公開大聲宣揚的，只能隱藏起來。

對於鷺鷥可以群體可以獨立的特性，詩人稱它「牠的美妙。在於飛翔。隨時／展示牠的平衡力──在於／靜止。於一處變動的田野」。飛翔時美妙的展翅，而在靜止時也能在變動的田野中找到平衡。這是鷺鷥的特性，也是身為女性能居於家庭也能獨立自我的雙重特性，生存的能耐在能動能靜之中找到平衡。

第四段中提到如果能夠面對真實的自己，女性能在家庭與個人之間找到平衡時，生命成長的契機於焉形成：「白色／沾著露氣。新的羽毛／翅膀／已然長成」。新的羽毛之長成在於面對真實的自我。

三、空間轉換與詩意展現

此詩第一段運用空間書寫意義的手法，仍是零雨既有的書寫方式，例如把身體與空間擺放在一起，把空間轉換成為個人身體乃至於心靈的代言。此詩一開始提出何為所托非人、何謂仰賴終身？然

後把自己的身體化為空間的意象，將我的身體視為一個空間，第一段中說：「我的身體有一個祕密／客廳。臥室。景觀窗／廣場。一座私人教堂／一個自己的教皇。一架宇宙／飛行器。我的帝國廣袤／星星由我安放」。空間意象代表的是詩人內心情感的意義。

我的身體的祕密是屬於自我的，這個身體存在的空間在家庭之內是指客廳、臥室、景觀窗，屬於女性自己的空間，而不與人分享，然而這些空間在本質上是屬於全家人的、或者自己與另一個男人的，女人實際上只能偷偷地／祕密地以為這是我的私人空間，屬於心理上的自我認定。

外在的空間則是廣場、私人教堂與自己的教皇、一架宇宙飛行器，這些其實屬於大眾的，縱使教堂也是，不過詩人把自己祕密的想像將教堂歸為一個自己的教皇，乃說自己的道理，飛行器只有一個，自己飛。所以，自己擁有的帝國與星星安放的權力。

重點是這些「身體的祕密」。不可對人公開，祕密是屬於自己一個人偷偷享有的，那麼，縱使帝國再大，權力再多也是詩中女性自己塑造的自我王國，並在自我王國中享有自己一人的權力，如此，這自主的權力是真是假？是屬於自己還是只是在自我王國中想像出來的阿Q精神而已？

第二段中也有一段對於虛實空間的書寫：「你為什麼不。把虛實／互換。在這車上。閉上嘴／睡個午覺」虛實互換才能將現實壓低，擴大想像，特別在代表著時間流動空間轉換的火車上，睡個覺之後，醒來，所有的時間與空間已然在不同的點上了，因此如在夢與現實的轉換交替，如夢似幻中，時空已然不同，所以，空間的轉換的書寫意象，代表詩人內在情感的意義。

四、結論

　　西方女性對於追求女權獨立的想法從女性主義的開端，法國・西蒙波娃在《第二性》中已然發芽，英國女作家吳爾芙提出女性應擁有的「自己的房間」成為獨立自主的象徵，許多的女性思維從男人的世界中獨立自主，找到自己生存的空間。而零雨此詩顯然在追求獨立自主的過程成還是拘守於傳統的婚姻，試圖在既有的婚姻架構下找到安身立命的一隅之地，沒有過多的抗爭或是運動，而是反求諸己，強調女性面對生活的堅強與韌性，同時找到自我，面對真實的感情與自我的內在，則如鷺鷥的翅膀，找到新生的可能。

　　雖然在第一段詩人很有自信地說「我的帝國廣袤／星星由我安放」，顯然認為自己有足夠的實踐能力掌控所有生活的環境與境遇，然而詩到最後，在經歷風霜與面對自己之後，還是以回歸自我成長為要，可見外在的環境並非作者認為的可以隨意改變，反而作者認為的最大掌控的限度就是一種自我面對與成長。若此，當自信地以為星星由我安放時，所有的掌控乃在自我個人，內在的，並非真能改變現實的外在環境。因此，此詩呈現的女性意識，並非走出家門的女性主權運動，仍是強調女性在環境無法改變的彈性範圍內，盡可能找到自我定位與生存的法則。

水波與魚的追逐
──林婉瑜〈誘捕〉一詩的撈魚意象

　　聽從風的聲音，詩人在林間低吟，喃喃訴說情懷，詩，於是一首接一首，被傾訴而出，吟誦而出。女詩人林婉瑜的詩作，具有一種傾訴的本質，喃喃低語的特色，並從女性詩人的角度切入，看世界的眼光因此著重在小女子的周遭環境，以生活中的點點滴滴與城市相連結，將詩的觸角引申出更多的關注焦點。

　　林婉瑜，1977年生，臺中市人，國立臺北藝術大學戲劇系畢業，主修劇本創作，曾獲時報文學獎、林榮三文學獎、優秀青年詩人獎、第一屆青年文學創作獎、「詩路」二○○○年年度詩人獎等，著有詩集《愛的二十四則運算》、《索愛練習》、《剛剛發生的事》、《可能的花蜜》，2005年與張梅芳合編有《回家──顧城精選詩集》。

　　詩的語言決定詩人的風格。林婉瑜的詩語言展現女性陰柔特質，以輕而淡的語調，訴說重量級的人生故事，透過詩語言輕柔的細訴，詩人掌握女性對生活瑣碎事物的叨叨絮語，進而營造其詩氛圍，帶著都市的一點點無奈、一些些嘲諷、一絲絲柔情，於是，詩中的意象雖具都市冰冷本質，但情感卻拿捏得輕柔而不奔放，語氣舒緩而無激烈的批判，同時，使用意象的減法使意象既無壓縮也不濃縮，由於意象跳躍度不大，故而使得詩中具有意象連續的特質，

拉長意象，擴大其舒展空間，故而塑造詩中舒緩而喃喃的氣氛與語言風格。

《可能的花蜜》詩集獲得第十一屆臺北文學年金，是臺灣第一本以城市為對象的創作、出版的詩集，此詩集以臺北為主要書寫對象，呈現一幅幅臺北意象。其中〈誘捕〉一詩如下：

廉價珠文錦，昂貴錦鯉，肥胖河豚
組成一幅歡躍圖像

這就是溪流了——
一張張人臉是天光篩落的殘影
你命定的手心
誘捕我入你航道
掌紋如叢生荊棘
指節是攔路枯枝

這就是河了——
出生成長流浪老死
在侷促長方形中一舉完成
太多藍框白底魚網介入命運
障礙賽中，頓悟浮生若夢的那一尾
終得勝利
是人生，重重疊疊的機關與選擇
橫互前方
必須說明的：不是你獵捕我

是我自願

入你彀中

　　此詩題目下方補注說明為「撈魚印象」，詩人以「誘捕」為此次撈魚的定義，並且引申愛情也是一個誘捕的過程，在矛盾與掙扎中進行著相互獵捕的動作。

　　詩的第一段即點出獵捕時即將可能產生的矛盾情結，以廉價、昂貴、肥胖三種不搭的形象放在一起，也將珠文錦、錦鯉、河豚組成奇怪的畫面，三者形成一個「歡躍」圖象，此段以後現代主義的拼接方式，突顯詩人掌控語言與意象的功力，然而此種歡躍無疑地隱藏著某些荒謬與矛盾的可能性，暗示著愛情的誘捕本身即存在的種種矛盾之可能。

　　第二段與第三段以溪流、河流說明生命的歷程，在這河與溪流之中許多的情感與追逐將產生某些變化。

　　第二段有三個主要意象，在「這就是溪流了」，之後，詩以「人臉」與「手掌」為主要的兩個意象，「一張張人臉是天光篩落的殘影」，形容人的臉如天光篩落的殘影，人臉不是完整的而是殘影，陽光照在水面上，人的臉被割裂成無數個殘影，映照在水面之上，隨著溪流的水波蕩漾。

　　下一個是以「手」為主要意象。「你命定的手心／誘捕我入你航道／掌紋如叢生荊棘／指節是攔路枯枝。」「命定的手心」是作者自以為兩人的愛情乃是命中註定的，手心的掌紋，從生命線、情感線、頭腦線三者分布在手掌的上中下三處，再由此三大掌紋，細分出更多更小的細紋，而詩人想像此三大紋路如同航道，從觀看手心之時，心便迷了路，被引入你手心的航道而失去方向，你的掌紋

如叢生的荊棘，可見細紋很多，但荊棘所代表的含意暗示著未來的路未必是一路順暢，而指節並非豐滿，而是如枯枝般骨節突出，而此枯枝不但不是助力，反而是攔路的阻力。可見詩人在此段已經鋪陳愛情路上的不順，縱有天生命定的開始，也將迷途在未來的種種考驗與難關之中。

第三段，「這就是河了——」作者第二段寫溪流，第三段則進一步跳躍入生命之河，河流完成一生的歷程，從「出生成長流浪老死／在侷促長方形中一舉完成」。詩人在此雖然淡淡地說出生成長流浪老死乃生命之河流經的過程，而此過程被詩人比喻成「長方形」，此長方形比喻成死後裝此一肉體的棺木，看著裝在裏面的往生者，這一生不就是這樣嗎？從生到死，然後所有一生都只剩下被框在眼下的棺木之中了。而若引申解之，此生命的過程不是寬廣的，而是侷促的，像簡單的一個長方形，沒有過多伸展的舞臺，也沒有過多發展發揮的空間，困在一個狹小的空間裏，縱使曾經流浪過掙扎過，最後的結果仍是一樣。

接下來詩人運用「情節式意象」，讓意象動起來，把撈魚的動作寫成「太多藍框白底魚網介入命運」，魚的命運本在水中任其優游，然而破壞命運的那雙手，在於魚網的打撈，從此將魚的命運轉向原本不同的方向。

在魚群中，打撈的魚網像是障礙物，魚在水中必須閃過障礙物，才有存活空間，詩人比喻撈魚時，像是魚的障礙賽，既是比賽，必然分出勝負，因此，終有一尾魚或是多尾魚逃脫魚網的網羅，成為自由的生命體。詩人寫道；「障礙賽中，頓悟浮生若夢的那一尾／終得勝利」，詩人將魚的障礙賽提昇到更高的生命體悟，逃出的魚並非因體力過人或是運氣特佳，卻是因為看破人生的虛假

與幻象，頓悟人生若夢的結果，才令此尾魚跳脫生命的枷鎖，而有趣的是詩人其實已經設定「一尾魚」，而不是多尾魚，換言之，詩人並不認為會有很多的魚有機會跳脫而出，逃得出的不過是其中之一。

再從撈魚回歸人生的經歷與體悟，這魚的障礙賽其實也是人的障礙賽，是阻礙也是障礙，此詩曰：「是人生，重重疊疊的機關與選擇／橫亙前方」，生命的障礙來自於生命中種種的機關與選擇，每一條道路的十字路口上，都是人生的一個選擇。每一個選擇，最後都通向不同的道路，延展出不同的生命方向。詩人從魚聯想到人生，聯結起生命的情狀也不過如撈魚一般，存在著許多的痛苦、無奈，關卡與選擇總是令人難以說清說明，然而此即是生命的真相。

最後，詩人回歸到結論，魚也好，人也好，不是外力獵捕，而是自願進入，「必須說明的：不是你獵捕我／是我自願／入你彀中」，在魚與人生中，此種自我追求卻又面臨選擇的狀況不是老天安排，卻是自我的選擇，是個人自願進入這遊戲的設定之中，不是強迫性的。

因此回應第一段，那三個奇怪意象的組合已經宣告生命的荒謬與不可理解，既是重重疊疊的關卡，卻又自願投入，此種矛盾的心態從第一段中已經說明，並與結論相呼應。

此詩可引起的聯想具有較為廣泛的意義，我們常稱愛情的過程像在養魚，戀愛的對象是一只魚缸中的魚，許多人一生中養著不只一條魚，有的人可能同時養很多條魚。而詩人從「魚」開啟詩意，不是養魚，卻是撈魚，在撈魚的過程就有可能是一種選擇，即使是物競天擇亦是選擇。撈魚，只是動作，愛情卻需要誘捕，透過引誘與捕捉的過程中，達到愛情追逐的目的與快感。雖然此過程也有許

多的關卡與重重問題，卻是不能抹滅愛情追逐中的追與逃，產生捕捉與逃亡的遊戲趣味，而最後詩人把誘捕的結果歸諸於「自願」，無論愛情面臨多少考驗，終究，自願面對這一切的考驗與挫折，也將自願面對誘捕的過程。愛情，在追與逐中，陷入自願自甘的情節，愛情，也如撈魚印象，被誘捕而甘於誘捕的快樂與痛苦。

符號人生
──林德俊〈句讀的人生分配〉一詩的創意

　　林德俊是一位年輕的詩人，寫詩也玩詩。暱稱兔牙小熊，自稱「喜歡玩詩，單匹多P皆可玩。作詩之外也做詩，帶文字出軌，與『非文字』不倫，得了異位性書寫炎。」曾獲乾坤詩獎、林榮三文學獎新詩獎、帝門藝評獎……等，著有《成人童詩》、編《保險箱裡的星星》等書。

　　林德俊在2009年出版詩集《樂善好詩》，巔覆傳統的閱讀，讓詩在書頁的版面中玩耍起來，在一頁書頁之中，圖象與照片配合文字構築出詩中的想像世界，任其上下左右，皆能讀詩，讓閱讀者打破由右而左，或由左而右的閱讀慣性，試圖從不同視野角度進入書頁的版圖之中，而能「玩」出詩的滋味來，本文所論〈句讀的人生分配〉即從此詩集中選出。

　　《樂善好詩》詩集中，以日常生活小事與雜務，透過文字轉化與形象再造提出新的世界觀，例如，將發票中的項目與售價更動意義，項目是「喧鬧的獨語」，應付出的售價則是「孤身安筆墨」，不再是金錢的數字，而是有形無形的代價。在此詩集中，也許是身分證、車票、信封，也許是一張白紙、或是撕開的小月曆紙、報紙分類廣告……等，都拿來寫詩、創造詩、展現詩。向陽評稱：「使用新的媒介，展示出了二十一世紀臺灣現代詩的新訊息」、「巔覆

了二十世紀的作者與讀者對詩的刻板想像。」在既定的文字約定內涵之外，林德俊將文字更動成另一種意義，透過文字的變造，詩人提出另一種非約定的文字世界的可能，詩的呈現在於打破原來生活的軌跡與架構，突顯出「別樣」的可能性，而詩人的意見與情感在於創意的觸發中已然展現。

　　現從林德俊詩集中選錄出一首詩，〈句讀的人生分配〉一詩如下：

?的小溪裡游泳抓魚抓到最大尾是抓到自己的掌心　童

!的球棒頻頻打中太陽或月亮唯心的變化球經常揮空　少

‧的舞步不快不慢不拖不趕剛好跳得比休止符更久一點　壯

。的手套把不夠深遠的句子接殺出局雖然比賽並不想結束　老

此詩設計一個坐標，橫向是童、少、壯、老，分別為人生的童年、少年、壯年、老年四個階段；縱向坐標由文字內容組成，中間分別以標點符號的「?」、「!」、「‧」、「。」代表四個階段。所以，當生命的縱標一直在往前前行時，橫向坐標則標出童、少、壯、老的四個階段，透過橫向與縱向的交錯，詩人寫出生命各階段的人生狀況與心境。

　　首先，詩人以標點符號詮釋人生。標點符號具有情感意義，例

如，「，」逗號是讓句子暫時中斷，語氣停頓，意義中斷，「！」驚嘆號代表情感上的驚訝或感嘆，「・」是句中的分類，如書名・篇名，透過「・」區隔大範疇與小範圍，而「。」句號則是一個完整文句的結束。

因此，童年「？的小溪裡游泳抓魚抓到最大尾是抓到自己的掌心」，「？」是對人生、萬物的問號，童年是生命中嘗試瞭解世界的開始，無知而極於探索生命的內涵，所以「？」是童年的疑問，詩人提出一個意象：「小溪捉魚」，當童年自以為捉到的是一條大魚時，卻捉到自己的掌心，詩人認為，童年的自以為是，對世界的嘗試與瞭解中常常有所誤判，而誤判之後不過是捉不到魚的一場遊戲。

少年時期多輕狂，詩人以「！」棒球象徵正揮棒的動作，也說明少年時期血氣方剛如同舉起球棒正要揮棒時的年輕力壯，詩人以符號的形態聯想球棒揮棒的狀況，此「球棒頻頻打中太陽或月亮唯心的變化球經常揮空」，少年人想打中太陽或是月亮的雄心壯志，然而詩人卻安排「唯心的變化球經常揮空」，年少人常常不聽長輩之言，以唯心的自我主義為中心，對人生的態度是一種只要我喜歡有何不可以的任性與狂傲，但是，此種心態遇見實際的環境時往往是挫折的，或是必須有所修正的，因而揮棒再認真也終將「落空」。

壯年時期，處於年少與老年中間，是一個區隔的中間地帶，不是頓號，不是中斷，只是區格前期與後期，因此，詩人用的是「・」，而不是「、」。「舞步不快不慢不拖不趕剛好跳得比休止符更久一點」，詩人以舞步意象說明壯年，跳舞比走路、跑步更具活動性，而且是愉悅的大的動作，象徵生命不只是往前走而已，卻

還是帶著音樂、舞步，歡愉的動作，變化而具有動盪性的過程就是生命的壯年時期，能闖的或者能變的都在此一時期，既修正少年輕狂的無知，也還未進入生命衰退的老年。「跳舞」成為壯年人體力充沛且活潑生命形態的最佳說明。而此舞步「不快不慢不拖不趕剛好跳得比休止符更久一點」，舞步比休止符更久，且不快不慢不拖不趕，正好比休止符更久，休止符是曲子中的暫停與中斷，通常不會過度休止，而是適度讓節拍停頓，情緒暫緩，而舞步比休止符更久一點，可見想跳舞的渴望比休止更多，同時，舞步的不快不慢不拖不趕說明的是處世拿捏恰到好處，而不會過度，並且享受此種中庸的智慧。

老年時期以符號句號「。」往往是最佳的詮釋。「手套把不夠深遠的句子接殺出局雖然比賽並不想結束」，在於說明生命若不夠深遠的話就會面臨「接殺出局」的命運，可是，此一比賽接近尾聲，是生命即將結束之時，而人在此時往往無法接受老年的事實，更不想讓生命畫上句點，總是妄想長生不老，最好人生永不結束就像比賽不要結束一樣，故而詩人以意象與比喻形象鮮明地說明老年時期的矛盾心情。

生命是不斷體悟的過程，宋・蔣捷〈虞美人〉：「少年聽雨歌樓上，紅燭昏羅帳；壯年聽雨客舟中，江闊雲低，斷雁叫西風；而今聽雨僧廬下，鬢已星星也，悲歡離合總無情，一任階前，點滴到天明。」蔣捷此詞廣為人知，「少年」、「壯年」、「老年」分為三個階段，少年無知，享受紅燭羅帳的美好生命；壯年開始收起遊樂的心情，代之以聽雨、雲低、斷雁等沉重反面形象，說明人生的困頓是心情沉悶的起因；老年之時，雖再聽雨，心境大變，看破世事的僧廬下聽雨，再也不復當年意氣風發，於是，悲歡離合看淡生

命，無言無語、聽雨階前，是此時嘗盡悲歡離合、喜怒哀樂的人生之後，歸於平淡無言的境界。因而此詩說明生命的歡喜、轉而悲多喜少、最後提昇對生命的體悟，生命的喜怒哀樂與酸甜苦辣讓詩人面對無奈的人生實在是無言以對，一切盡在不言之中。

　　林德俊以四個階段說明人生，用現代的語言或比喻或意象或象徵說明生命過程，以一個符號與一句話歸納說明童、少、壯、老的現象，符號被賦予情感與意義之後，用來代表生命的過程，巧妙地透顯詩人對人生的態度，此為此詩最大的創意，也是詩人此詩最大的價值。

溫泉童話
——楊佳嫻的〈溫泉釅然——宿紀州〉一詩

楊佳嫻，1978年生，臺灣高雄人，臺大中文博士，著有詩集《屏息的文明》、散文集《海風野火花》等，楊佳嫻是臺灣新生代詩人，學生時期與寫詩的好友在網路上發表詩集，表現優異，出版《你的聲音充滿時間》詩集，充分展露才華。

楊佳嫻的詩風具有女性詩人細膩的情感，並融合古典文學的氛圍與情韻，她在〈後記〉中說：「在意象句法乃至情思與氣氛的推進外，我還想保持一種氣韻，一種調子。據說有些詩人善於經營如歌的感覺，有些詩人擅長經營畫面，兼力於二者也不見的是高不可攀的事情。」而楊佳嫻則是希望自己能有更多整齊輕清的朦朧氣息，以及優微精妙的思維。[1]此詩觀與她在詩中的風格表現是一致的，她的詩有一種朦朧的美感，特別是在意象的取擇上發揮女性擅有的細膩特質，輕柔優美、淡然輕靈，含蓄蘊藉，氣韻舒緩，情感真摯，營造出屬於女性柔美的抒情風格。

此詩背景乃詩人至日本關西和歌山，宿紀州之南溫泉旅館泡所書，此地是一個偏僻的鄉間，方圓十里內皆為山田，少人煙，乃梅之產地。在寒冷地帶，溫泉洗浴以驅風寒是日本人愛好的活動之

---

[1] 楊佳嫻：〈你的聲音就是時間〉，《你的聲音充滿時間》（臺北：印刻出版社，2006.07.）後記，頁174。

一，詩人書寫其經歷，在〈溫泉釅然——宿紀州〉一詩中：

池中徐徐浮行
尋訪最靠近月亮處
和萬物的影子
一起斜臥

高處勝寒否
獨沽誰的一注酒
魚龍入泉水而化為
女子，這溫熱的幽靈
煙景經霜久炊
一層一層，如漆如繪

大氣微皺……
眉際茁長半寸梅紅
因為卸下衣飾
穿上感官
遂真正地裸裎
像一則未曾被紀錄的神話

詩中第一段書寫女子入浴池，「池中徐徐浮行」說明詩人入溫水池
中，身體略為浮起的狀態，接下來詩人精彩的筆觸並非放在形容池
中沐浴的狀況，而是跳開當下，透過唯美的想像，找到美麗的意
象：「尋訪最靠近月亮處／和萬物的影子／一起斜臥」，詩人透過

唯美的意象，把尋找溫泉中暫歇的地方的過程寫成是尋訪最靠近月亮處，「月亮」的意象讓所有的目光神祕起來，銀白的色彩點染大地的光芒，詩人以尋訪最靠近月亮處為起點，和萬物的影子一起斜臥，以動態的行動讓意象動起來，前句的月光與後句的陰影中融會出大地動與靜、白與黑的交錯。與萬物的影子一起斜臥一方面說明作者躺在水中享受溫泉的樂趣，同時也將自己融於大地的顏色，與萬物融為一體。

此段寫得唯美絕美，詩人的氣韻含蓄而內蘊，使用的意象如「月亮」、「影子」都是屬陰性，表現出陰柔的美感，同時，在水中的泡水者不是大喇喇躺下，乃至於濺起一身水，而是與萬物的影子斜躺，「斜躺」又創造出令人遐想的浪漫情調，呈現出作者以陰柔書寫的詩中情調。

第二段，詩人在溫水中以想像創造出新的意象。外在的寒冷是一種高處不勝寒的冷嗎？女子在問，因為不勝寒冷，誰又會獨自沽一注酒自己喝呢？魚龍入泉水而化為女子，這女子可能是作者自己，也可能是假想的女子，化成溫熱的幽靈，在池中，水氣如煙裊裊，若真似假，如漆如繪，好像是真的，卻又好像是假，作者筆觸也寫得朦朧。因為水氣如煙，女子如溫熱的幽靈似真似假，袒裸的軀體與水嬉戲，迷濛中更別有風味，此段描寫精細，而詩中氤氳氛圍令詩意產生朦朧美感，彷如見到一泡溫泉女子，卻又迷濛似夢，讓想像創造出距離的迷濛美感。

此段的詩意顯然跳開當下的情境，以高處不勝寒的冷，對比於當下的溫暖，詩人提出一個小小的疑問，這疑問當然是無可解答的，而詩人寫自己，以「魚龍」入水，化為女子，古代魚龍之喻乃在男子而非女子，鯉魚躍龍門的典故中，成功者則化而為龍，失敗

者則繼續跳躍，或是死亡。因而詩人內在也許有巾幗不讓鬚眉的氣氣概，或者潛意識中認為自己有一個如男子般的靈魂，卻在水中化為女子，過此今生今世之真實人生。

　　第三段寫詩人沐浴既久，皮膚微皺，但詩人不說自己，卻換個角度說「大氣微皺……」，溫水泡久，自然面色紅潤，如眉際長出的半寸紅梅，然而，這一切是美好的，因為卸下衣裝，因此裸裎，詩人寫著「穿上感官」，不再有衣飾的虛假裝扮，才有感官真正的覺受，所以，「遂真正地裸裎」，此時，才是詩人真正的赤裸裸，然而，赤裸裸是身體的赤裸？還是內在靈魂的赤裸？或者是此時才真正面對自我，試圖瞭解自我？「像一則未曾被紀錄的神話」，回到最真誠的自我，沒有污染，沒有記錄，空白的潔淨如古老而未經世事的嬰孩，不過，神話也代表作者內心認為那是不可能的事，才如「神話」。此似乎代表詩人對生命的哲思，回歸道家的思想，扣住《老子》中「復歸於嬰兒」的返樸歸真之想。

　　女子於溫泉沐浴，不禁令人想到楊貴妃與華清池，在長恨歌中的：「侍兒扶起嬌無力」的貴妃，那種嬌柔之態，一時令明皇神魂顛倒，詩人以女子（自己）的親身體驗，營造詩中女子與溫泉的意象聯結，女子入溫泉的想像充滿媚力，裸體，煙霧，昏暗燈光，放鬆的情緒，解放的禮教……，總是神祕與溫柔的糅合，在熱騰騰的水氣中蒸騰的是何等的浪漫！

印象的思維
——評陳育虹〈印象——夢蝶先生臥病初癒〉一詩

　　陳育虹，1952年生於臺灣高雄，祖籍廣東南海，文藻學院英文系畢業。旅居加拿大溫哥華十數年，目前定居臺北，出版詩集有《閃神》、《之間》、《魅》（寶瓶2007）、《索隱》（寶瓶2004）、《河流進你深層靜脈》（寶瓶2002）、《其實，海》（皇冠1999）、以及《關於詩》（遠流1996），詩集《索隱》獲《臺灣詩選》2004年度詩人獎。陳育虹的文字具有重量，同時具有質感，透過詩中意象展現知性與感性的關懷。

　　身為女詩人的陳育虹，她的詩篇，曾經令人稱奇；她的文字，曾經讓人驚豔；她的詩，文字的密度可以極高，詩篇的結構能夠縝密，讓我們驚剎於英氣充盈卻身材清瘦的女子，筆下竟有千鈞之力，能運萬兩之重。於是，當我遇到陳育虹的小詩時，品味再三，頗有絕句之美，小調之巧，而一時沉浸於她詩中文字的甜美與溫柔之中。

　　陳育虹〈印象——夢蝶先生臥病初癒〉一詩記錄周夢蝶先生臥病初癒的情狀，周夢蝶先生本就身形臞瘦，病後更見削瘦，陳育虹此詩透過許多古典詩的技巧，描繪夢蝶先生，頗有意趣，其詩為：

他已經瘦成

線香

煙

雨絲

柳條

蘆葦桿

瘦成冬日

一隻甲蟲堅持的

觸角

此詩為陳育虹於2006年3月17日發表於《聯合報》副刊的一首小詩。此詩描繪的周夢蝶先生（1921-2014），本名周起述，河南淅川縣人，筆名起自莊周夢蝶的典故，暗示如夢的人生。周氏的詩充滿禪意，文字簡約、意象純淨，呈現對生命的堅持與感悟，創作詩集雖不多，在現代詩壇上佔重要的地位。

　　此詩為一首九行小詩，共二十八字，卻充滿古典氣息，第一段描寫周夢蝶先生的「瘦」。在創作上，以意象表現創作的內涵，引起想像，詩中用「線香」、「煙」、「雨絲」、「柳條」、「蘆葦桿」等意象作為「瘦」的聯想，每一個意象佔一行，只在第一行與最後一行有動詞「瘦成」，其他皆以一個名詞構成一行，讓讀者僅用簡單的意象聯想詩人的「瘦」情「瘦」貌。

　　在創作上，此種寫法運用古典詩中的「黏附性」，即是將名詞作為意象，而不使用動詞，意象與意象之間不必透過動詞的連結，能自然形成圓滿的意象系統，以表達作者的意念。在古典文學作品

中，馬致遠的曲〈天淨沙〉即是如此手法：

> 枯藤老樹昏鴉，小橋流水人家，古道西風瘦馬；夕陽西下，
> 斷腸人在天涯。

前面三句沒有動詞，每一句只用三個主要名詞相連結，便可形成一個完整的意象。第一句由枯藤老樹昏鴉構成畫面，第二句是小橋流水人家形成一個完整意象，第三句是古道西風瘦馬也是一個完整的意象，最後一個畫面「夕陽西下，斷腸人在天涯」，共四個畫面。此散曲中沒有動詞，每句以名詞連結成意象，此為古典文學「黏附性」技巧。陳育虹在2009年11月23日的《聯合報》上說：

> 除了詩，又有什麼文體，能用這樣幾行短句，體現人間過客的悲涼？而數年前我以二十八字寫〈印象──夢蝶先生臥病初癒〉，遙望的，也是〈天淨沙／秋思〉般純淨的意象。

詩人陳育虹說明〈印象〉一詩是以天淨沙的意象作為體現的對象，有意地以此曲作為學習或是仿作的標準。

在內容上，「線香」是極細的香，用香形容夢蝶，說明夢蝶與佛、禪之緣，「煙」的虛無暗合人生如夢，「雨絲」而非傾盆大雨，其形象是細的、透明的、彌漫天際，作者用此描寫夢蝶性格與一生，身形為細，心境卻透明潔淨，「柳條」雖細而堅韌，不易折斷的特性比喻夢蝶瘦而堅持的生命，「蘆葦桿」硬挺高直，說明夢蝶先生貧困卻自在，堅守原則而不屈的個性，最後說「瘦成冬日」，夢蝶先生年歲已高，生命的晚年以冬日書之，亦為合理，這

一生，從春天到冬天，在冬日裏，因病更加削瘦。育虹的詩以一個名詞即構成一個意象，意象與意象之間相互環扣，由甲聯想至乙，全然扣著夢蝶先生的特質。

第一段形容夢蝶其人，第二段則歸納其性格而給予定論：「一隻甲蟲堅持的／觸角」，一般來說，所謂的「甲蟲」指的就是鞘翅目（Coleoptera）昆蟲，其口器為咀嚼式，成蟲特質在於體軀堅硬，因此，育虹的詩中取其「堅硬」的特質用以斷語夢蝶先生面對生活的困境、身體的病痛，卻還保持個人堅持的原則與一顆赤子之心，不汲汲於富貴財富，仍然活出自我的道路，此為詩人所給予的讚辭，而詩人更特別的地方在於詩中意象不是在於甲蟲本身，卻將鏡頭轉移到甲蟲的「觸角」，觸角是與世界接觸的所在，堅持的觸角說明夢蝶先生與世俗仰時的接觸點，仍是「堅持」的，不與世俗同流的，保有自我的風格與特性。

陳育虹此詩有著古典作品的氣息與氛圍，融以現代詩風，並以現代詩的形式重新調整架構，在小詩的表現上，其意象精簡，意圖明確，情感充沛，意象表現多樣而豐富，閱讀之際，頗有餘韻。

附録

蘴朵詩學年表

1969　出生於臺灣臺中縣。曾得全國繪畫比賽特優等。

1981　國中就讀臺中市，喜讀周夢蝶詩。嗜讀書，古今中外皆讀，
　　　幾乎讀完一間鄉下圖書館藏書。習古箏。

1983　在校刊上以「無名氏」發表文章，受到國文老師讚賞。

1984　就讀臺中女中。學書法。

1987　考上政治大學中文系，進入書法臨池社，師承王愷和、施孟
　　　宏、黃一鳴等師。
　　　政大道南文學獎新詩組佳作。得獎作品〈曇花〉一詩刊登於
　　　《文海》。

1988　政大文藝獎新詩組優勝。得獎作品〈錦鯉〉一詩刊登於《文
　　　海》。
　　　擔任臨池書法社社長、顧問。

1989　第七屆全國大專青年古典詩創作七絕組第二名。臺北市國語
　　　文競賽社會組寫字第三名。國父紀念館全國青年書畫比賽書
　　　法類佳作。

1990　第八屆全國古典詩創作七絕組第十名。

1991　就讀臺師大國文研究所，師承葉慶炳教授、柯慶明教授。

1992　第八屆聖壽杯書法比賽優選。

1993　趙廷箴獎學金得獎。全國書法論文得獎。全國書法比賽第九

屆聖壽杯優選。墨華杯全國書法比賽大專組佳作。以〈「達
其情性，形其哀樂」—論孫過庭以情為中心之書法創作理
論〉獲得全國書法學術論文獎。

1994　書法美學《孫過庭書譜中書論藝術精神探析》取得臺師大碩
士學位。

同年九月就讀政大中文博士班。國父紀念館全國大專書法比
賽佳作，臺北市國語文競賽社會寫字組第三名，全國節約儲
蓄書法比賽優選。

以《孫過庭「書譜」中書論藝術精神探析》獲得全國書法研
究發展會博碩士論文獎。

1995　臺北市國語文競賽寫字組第一名。國父紀念館全國青年書法
比賽第二名。全國書法比賽聖壽杯大專組第一名。

1996　慈濟獎學金美術類得獎。

〈想飛的日子〉一詩刊登於《明道文藝》239期。

1997　慕陶杯全國書法比賽社會對聯組第一名。

1998　中國文學理論《六朝賦論美學》取得中文博士學位，簡宗梧
教授指導。

八月至元智大學中語系任教。

書法作品展出—元智大學教授創作展。

1999　書法作品展出—臺北敦煌藝術中心，現代佛教藝術特展。

2000　書法展出—元智大學教職員創作暨珍藏展。

2001　以現代詩為主要研究範疇。發表〈玩一場捉迷藏的遊戲—談
渡也《手套與愛》的修辭技巧與創意設計〉一文，開啟現代
詩論研究。

2002　出版《六朝賦論之創作理論與審美理論》，臺北：萬卷樓。

2005 以「蕭瑤」為筆名,獲第四屆全國宗教文學獎散文組二獎。
2005-2008年在中國時報副刊、人間福報覺世副刊發表散文40多篇。

2006 出版《細讀新詩的掌紋》,臺北:萬卷樓。
散文〈燃燒大雁塔〉收錄於《喜歡生命》一書,臺北:九歌。

2007 出版《雪的聲音—臺灣新詩理論》,臺北:萬卷樓。
香港中文大學發表席慕蓉研究論文。

2009 參加湖南:洛夫國際詩歌節暨國際學術研討會發表洛夫研究論文。致力洛夫詩論研究。

2010 廈門大學發表商禽之研究論文。北京首都師大發表詩學論文,上海復旦大學發表詩學論文。之後於福建、北京、重慶等處發表詩學論文等。

2011 以「雲朵」為筆名發表詩作。
飲食文化協會理事。

2012 12月出版詩集《玫瑰的國度》,臺北:釀。加入臺灣詩學季刊社。
詩作陸續發表刊登於吹鼓吹詩論壇、創世紀詩刊、乾坤詩刊、野薑花詩刊,大陸之詩刊等。《新詩讀本》編輯委員,臺北:二魚文化。

2013 〈燈與女人〉一詩收錄於《2012臺灣詩選》,臺北:二魚文化。
擔任臺灣詩學學刊編輯委員。

2014 〈飄浮的雲〉一詩收錄於《2014臺灣詩選》,臺北:二魚文化。〈棋子〉一詩收錄於張默《小詩·隨身帖》,臺北:創世紀詩雜誌。〈祝福〉一詩首於自由時報副刊登出,之後陸

續發表詩作於副刊。

「世界華文文學國際學術研討會」發表詩學論文。

元智翻轉創意教授作品展展出書法作品。加入乾坤詩社。

2015　出版詩論《石室與漂木─洛夫詩歌論》，臺北：秀威經典。
詩作〈鏡中自己〉刻印於明道大學校園燈箱上永久保留。受
邀濁水溪詩歌節女詩人剪綵講座等。齊東詩社女詩人講座談
詩。2015鼓浪嶼詩歌節受邀嘉賓，詩作並刊登於廈門日報。
北京大學：「紀念新詩誕生百年」研討會發表詩學論文。

2016　8月受邀至溫哥華，西蒙菲莎學院演講：〈向廢墟致敬─洛
夫從《石室之死亡》到《漂木》中的生命哲學〉。
〈預言書No.3〉一詩收錄於《2015臺灣詩選》，臺北：二魚文
化。〈我在明道大學一夜如詩〉刊於明道大學2016年月曆。
主編《兩岸詩》詩刊。

2017　〈在遠方〉一詩收錄於《2016臺灣詩選》，臺北：二魚文
化。臺北市公車捷運詩文收錄〈燈與女人〉一詩，海報於大
眾交通系統展出。
11月出版詩集《雲朵截句》。12月出版詩論《濛濛詩意─雲
朵論新詩》。
擔任國立臺灣文學館臺灣文學獎圖書類「新詩金典獎」決審
委員。

秀威經典　　　　　　　　　臺灣詩學論叢09　PG1931

濛濛詩意
——蕓朵論新詩

作　　者/蕓　朵
主　　編/李瑞騰
責任編輯/林昕平
圖文排版/周妤靜
封面設計/楊廣榕

出版策劃/秀威經典
發 行 人/宋政坤
法律顧問/毛國樑　律師
印製發行/秀威資訊科技股份有限公司
　　　　　114台北市內湖區瑞光路76巷65號1樓
　　　　　電話：+886-2-2796-3638　傳真：+886-2-2796-1377
　　　　　http://www.showwe.com.tw
劃撥帳號/19563868　戶名：秀威資訊科技股份有限公司
　　　　　讀者服務信箱：service@showwe.com.tw
展售門市/國家書店（松江門市）
　　　　　104台北市中山區松江路209號1樓
　　　　　電話：+886-2-2518-0207　傳真：+886-2-2518-0778
網路訂購/秀威網路書店：http://store.showwe.tw
　　　　　國家網路書店：http://www.govbooks.com.tw

2017年12月　BOD一版
定價：200元
版權所有　翻印必究
本書如有缺頁、破損或裝訂錯誤，請寄回更換

國家圖書館出版品預行編目

濛濛詩意：蕓朵論新詩 / 蕓朵著. -- 一版. --
臺北市：秀威經典, 2017.12
　面；　公分. -- (臺灣詩學論叢 ; 9)
BOD版
ISBN 978-986-95667-1-1(平裝)

1. 臺灣詩　2. 新詩　3. 詩評

863.21　　　　　　　　　106021348

讀者回函卡

感謝您購買本書，為提升服務品質，請填妥以下資料，將讀者回函卡直接寄回或傳真本公司，收到您的寶貴意見後，我們會收藏記錄及檢討，謝謝！
如您需要了解本公司最新出版書目、購書優惠或企劃活動，歡迎您上網查詢或下載相關資料：http:// www.showwe.com.tw

您購買的書名：＿＿＿＿＿＿＿＿＿＿＿＿＿＿＿＿＿＿＿＿＿＿＿＿

出生日期：＿＿＿＿＿年＿＿＿＿＿月＿＿＿＿＿日

學歷：□高中 (含) 以下　　□大專　　□研究所 (含) 以上

職業：□製造業　□金融業　□資訊業　□軍警　□傳播業　□自由業
　　　□服務業　□公務員　□教職　　□學生　□家管　　□其它＿＿＿

購書地點：□網路書店　□實體書店　□書展　□郵購　□贈閱　□其他

您從何得知本書的消息？

　　□網路書店　　□實體書店　　□網路搜尋　　□電子報　　□書訊　　□雜誌

　　□傳播媒體　　□親友推薦　　□網站推薦　　□部落格　　□其他＿＿＿＿＿＿

您對本書的評價：（請填代號　1.非常滿意　2.滿意　3.尚可　4.再改進）

　　封面設計＿＿　　版面編排＿＿　　內容＿＿　　文／譯筆＿＿　　價格＿＿

讀完書後您覺得：

　　□很有收穫　□有收穫　□收穫不多　□沒收穫

對我們的建議：＿＿＿＿＿＿＿＿＿＿＿＿＿＿＿＿＿＿＿＿＿＿＿＿

＿＿＿＿＿＿＿＿＿＿＿＿＿＿＿＿＿＿＿＿＿＿＿＿＿＿＿＿＿＿＿＿

＿＿＿＿＿＿＿＿＿＿＿＿＿＿＿＿＿＿＿＿＿＿＿＿＿＿＿＿＿＿＿＿

＿＿＿＿＿＿＿＿＿＿＿＿＿＿＿＿＿＿＿＿＿＿＿＿＿＿＿＿＿＿＿＿

11466
台北市内湖區瑞光路 76 巷 65 號 1 樓

秀威資訊科技股份有限公司 收

BOD 數位出版事業部

⋯⋯⋯⋯⋯⋯⋯⋯⋯⋯⋯⋯⋯⋯⋯⋯⋯⋯⋯⋯⋯⋯⋯⋯⋯

（請沿線對折寄回，謝謝！）

姓　　名：＿＿＿＿＿＿＿＿＿　年齡：＿＿＿＿　性別：□女　□男

郵遞區號：□□□□□

地　　址：＿＿＿＿＿＿＿＿＿＿＿＿＿＿＿＿＿＿＿＿＿＿＿

聯絡電話：(日) ＿＿＿＿＿＿＿＿＿＿　(夜) ＿＿＿＿＿＿＿＿＿＿

E-mail：＿＿＿＿＿＿＿＿＿＿＿＿＿＿＿＿＿＿＿＿＿＿＿